神田川

稲《いな》妻《ずま》で時をこえろ!

作 小森香折
絵 柴田純与

もくじ

1 瞬《しゅん》 …… 4
2 雷《らい》鳴《めい》 …… 10
3 ランドセルの幽霊《ゆうれい》？ …… 18
4 ふたたび雨の日に …… 26
5 似《に》ているけれど、ちがう場所 …… 33
6 まぼろしの少女 …… 40
7 過《す》ぎ去りし時を求めて …… 46
8 卒業アルバム …… 53
9 トラウマ …… 59
10 色あせたポスター …… 66

11　黒い煙《けむり》……74
12　留華《るか》の主張《しゅちょう》……83
13　虎《とら》と水道……91
14　過去《かこ》と未来の関係……98
15　神鳴り……104
16　時空のゆがみ……112
17　あらし……121
18　混《こん》乱《らん》……130
19　タイムリミット……137
20　変　化……144
21　別　れ……153
22　スイートペイン……160

1　瞬《しゅん》

十二歳《さい》のきみは　思っているだろう
人生はまだ　はじまったばかりだと
時という名の龍《りゅう》は　みるまに速度をあげていく
ジャンプしろ　光をつかむんだ
なにより大切なものが　あの魔法《まほう》が
きみの瞳《ひとみ》から消える前に

これは「時という名の龍」という曲の歌詞《かし》だ。歌っているのは、四人組ロックバンドのスイートペイン。

歌詞とおなじく十二歳の瞬は、ラジオから流れるこの曲に聞き入っていた。

梅雨《つゆ》入りしたばかりの、六月の夜。マンションの七階にある瞬の部屋からは、ふぞろいなビル群《ぐん》と、星のない夜空が見える。

この物語の主人公なので、瞬のことを、かんたんに紹介《しょうかい》しておこう。

紺野《こんの》瞬。東京に住む、中学受験をひかえた小学六年生。ひとりっ子で、そのことを残念に思っている。自信がないので、つい、ひとの顔色をうかがってしまう。たいていの人間とおなじで、自分の中にすばらしい宝《たから》があることに気づいていないのだ。

好物はチキンライスで、苦手なのはグリーンピース。

曲が終わり、ラジオからはスイートペインのボーカル、レイジの声が流れてきた。レイジは作詞作曲も手がけている。

「六月四日にリリースされた新曲『時という名の龍』を聞いてもらいました。ぼくはもうすぐ二十九歳になるんだけど、小学生のころの二十四時間って、いまの何倍もあったような気がするんだよね。こんなことをいうとおっさんくさいけど、夏休みの一日とか、永遠《えいえん》に終わらない気がした。時間って、年をとればとるほどテンポが速まるんだ。」

指でひたいをこすりながら、瞬はほんとうだろうかと考えた。勉強机《づくえ》に置いた時計は、カチコチと正確《せいかく》に時をきざんでいる。子どもでも大人でも、一秒は一秒のはずなのに。

瞬は壁《かべ》に貼《は》ったスイートペインのポスターに目をむけた。革《かわ》ジャンとダメージ・ジーンズで決めたレイジは、えりあしをパープルに染《そ》め、クールにこちらを見つめている。

なんてかっこいいんだろう。ぼくなんか百万回生まれ変わっても、こんなふうにはなれない、と瞬《しゅん》は思う。

(だけどレイジも、もう二十九歳《さい》か。ぼくもいつかそんな年になるなんて、信じられないな。それともレイジがいうように時は飛ぶようにすぎて、あっという間に年をとっちゃうんだろうか。)

瞬はふと、母親の口ぐせを思いだした。

「あーっ、自分がもう四十だなんて信じられないわ。なんだか毎年、時間がたつのが早くなるみたい。」

(うーん。やっぱりレイジのいうことは正しいのかも。)

ピンポンとチャイムが鳴る音が聞こえたので、瞬はあわててラジオを切ってイヤホンをはずした。父親が帰ってきたのだ。

「お帰りなさい。早かったのね。」

母親のよく通る声がした。十一時をまわっているが、それでも父親の帰宅時間としては早いほうだ。

瞬は自分の部屋を出て、居間《いま》に顔をだした。

母親は、「もうおばさんだから。」と自分でいうくせに、年より若《わか》く見られないときげんが悪くなる。ファッションは二十代のころと変わらず、きょうも肩《かた》をだしたカットソーにジーンズというかっこうだ。

証券《しょうけん》会社につとめている父親は、いつもかっちりしたスーツを着ている。母親より四歳年上の四十四歳。見るからに頭がよさそうだが、感情《かんじょう》をおもてにださず、とっつきにくいところがある。

「お父さん、お帰りなさい。」

「まだ起きてたのか。勉強は進んでるか?」

「うん、まあ。」と、あやふやに瞬は答える。

瞬が受験するのは、父親の母校でもある共成学園《きょうせいがくえん》。中高一貫《いっかん》教育の、難関《なんかん》の男子校だ。なんとしても合格《ごうかく》して、父親に喜んでもらいたい。そう思っている瞬は、息ぬきにラジオを聞いていたのがうしろめたくなった。

居間のテーブルにはスイートペインのＤＶＤケースが出ていた。母親は父親が帰ってくる直前まで、ライブ映像《えいぞう》を見ていたらしい。先にファンになったのは瞬なのに、いまでは母親のほうがスイートペインにはまっている。

「また見てたのか。」

ＤＶＤケースを見て、父親はあきれ顔になった。仕事人間の父親は、音楽にはまるで興味がない。

「それより晩《ばん》ごはんは？　チキンライスならあるけど。」と母親が話をそらす。

「いや、軽くすませたからいいよ。明日までにやっておきたい仕事があるし。」

そういって、父親は四畳《じょう》半の書斎《しょさい》に入ってしまった。母親とちがって、むだ話をしないたちなのだ。

母親は待ちかねたようにリモコンを手にし、ＤＶＤをつけた。

「ごめんね、瞬《しゅん》。ママばっかりビデオを見て。受験が終わったら、ふたりでスイートペインのライブに行こうね！」

「ぼくをだしにして、お母さんが行きたいんでしょ。」

「もうっ、パパみたいなこといわないの。あ、この曲すごい好き。」

汗《あせ》を光らせて歌うレイジを見つめ、母親はとろけそうな顔になる。

（あんな顔でお父さんを見ることなんか、ないくせに。お母さんって、お父さんよりレイジのほうが好きなんじゃないのかな。）

両親がラブラブなのも気持ち悪いが、ふたりの仲がよそよそしいことを、瞬はひそかに気に病んでいる。

（なぞだ。お父さんとお母さんって、おたがいにどこがよくって結婚《けっこん》したんだろう。）

共通の友人がいて知り合ったというのだが、ふたりには共通の趣味《しゅみ》がない。おなじ屋根の下にいても、ちがう世界に住んでいるようだ。

部屋にもどってラジオをつけると、レイジの番組はもう終わっていた。聞こえてきたのは天気予報《よほう》だ。

「明日六月十二日火曜日は、晴れのちくもり。大気が不安定なので、お出かけには傘《かさ》があったほうが安心でしょう。」

2　雷鳴《らいめい》

瞬《しゅん》が通っている福富《ふくとみ》小学校は明治十二年、西暦《せいれき》でいうと一八七九年に創立《そうりつ》された。この物語の舞台《ぶたい》は二〇一八年なので、開校からは百三十九年目にあたる。

いまの三階建ての校舎《こうしゃ》は五十年前に建てられたもので、外壁《がいへき》にあとから足された耐震《たいしん》補強《ほきょう》の梁《はり》が、ぶかっこうに窓《まど》を横ぎっていた。小学校のまわりにはマンションが立ちならび、すぐそばを神田川《かんだがわ》が流れている。

六月十二日の授業が終わり、教室を出た瞬は、友だちの真人《まさと》に話しかけた。

「大人になると一週間たつのが、いまより早くなると思う？」

真人は、おっとりした顔で瞬を見た。首がひょろりと長い真人は、いつもにこにこして、悩《なや》みなんてないように見える。少なくとも瞬はそう思っていた。

「どういうこと？　大人になっても、一週間は七日なんじゃない？」

「でも時間って、気持ちしだいで長く感じたり短く感じたりするだろ。楽しいことはあっという間だし、お母さんの買い物につきあわされると、たとえ十分でも火星に行けそうな気がする。」

「火星はオーバーだけど、月には行けそうだね。」

「それに大人って、やたらと『時間がない。』っていうじゃない。」

「瞬もよくいってるよ。」

「そう？」

そんなはずはないと思いながら、瞬は算数の時間に思いついたことを口にした。

「ぼくらは十二歳《さい》だから、一年っていうのはいままでの人生の十二分の一にあたる時間だよね。四十歳になったら、一年は人生の四十分の一の時間になる。だから年をとればとるほど、おなじ一年でも短く感じるんじゃないのかな。」

真人は、長いまつげをぱちぱちさせた。

「なるほど。年をとればとるだけ、一年をはかる分母が大きくなるんだね。それって大発見じゃない？　瞬って、よくそういうこと思いつくね。」

「とっくにだれかが気づいて、本に書いてると思うけど。」

そういいつつ、瞬はうれしかった。真人は瞬がなにをいっても、ちゃかしたり、うんざりした顔をしない。

ふたりは学校を出ると、神田川ぞいの道で別れた。

「それじゃ瞬《しゅん》、受験勉強楽しんで。明日、また!」

真人《まさと》は地元の中学に進むので中学受験をしない。瞬は、真人とおなじ中学に行けないのが残念でたまらなかった。

(運よく共成《きょうせい》学園に受かったとしても、まわりはぼくより頭のいいやつばかりだもんな。真人みたいに、気の合う友だちが見つかるだろうか。)

いったん家へ帰って、急いで塾《じゅく》へ行かなければならない。足を速めたとたん、ぽつり、と雨粒《あまつぶ》が頭をたたいた。

空を見上げると、いつのまにか、黒ずんだ雲がもくもくと広がっている。

ぽたん、ぽたん。

大粒の雨がアスファルトに模様《もよう》をえがきはじめた。

(天気予報《よほう》でいってた通りだ。折りたたみの傘《かさ》をもってきて正解だな。)

ランドセルを開けて、瞬はとまどった。もってきたはずの傘がない。

(あれ、なんで?)

道行くひとは足を速めたり、立ち止まって傘を開いたりしている。大粒の雨をうけながら、瞬は思いだした。

（帰りがけに教科書をランドセルにしまったとき、折りたたみ傘《がさ》をいったんとりだしたっけ。そのまま教室に置いてきちゃったんだ。）

しかたなく、瞬《しゅん》はまわれ右をした。空は見る間に墨色《すみいろ》に染《そ》まり、あたりはどんどん暗くなってくる。

下校する生徒たちの流れにさからって、瞬はあとにしたばかりの校門をくぐった。

（いつものスケジュールがくるっちゃったな。）

瞬は、ひどく損《そん》をしたような気分になった。

（受験まで、あっという間だ。ムダにしている時間はないのに。）

ゴロゴロゴロ……。

空の高みで不気味な音がした。瞬は、ぞっとして校舎《こうしゃ》に飛びこんだ。雷《かみなり》は大の苦手だ。

瞬には雷が、巨大なけもののカギ爪《づめ》のように見えるのだ。轟音《ごうおん》とともに、世界を切りさく爪。

階段をかけあがり、六年二組の教室がある三階にたどりついた瞬は、廊下《ろうか》でクラスメイトの芹沢留華《せりざわるか》に出くわした。

ショートヘアの留華は、いつも怒《おこ》ったような顔をしている。子どもあつかいされるのがきらいで、ぴりぴりしているのだ。

留華はつんとあごをそらし、瞬を無視《むし》して通りすぎた。なぜ瞬にそんな態度《たいど》をとるのかは、次の章で明らかになるだろう。

瞬は気まずい思いで留華とすれちがい、教室に入った。

教室にはだれもいなかった。学校というのはふしぎなところで、ひとがいないと急によそよそしい場所になる。うしろの壁《かべ》に貼《は》られた神田川《かんだがわ》の地図が、うす闇《やみ》に沈《しず》んでいた。

折りたたみ傘は、瞬の机《つくえ》の中にちょこんと入っていた。

(やれやれ。)

傘を手にとったとき、光の玉が爆発《ばくはつ》して、瞬は目がくらんだ。

バーン！　とたたきつけるような轟音が地をゆさぶり、窓《まど》ガラスがびりびりとふるえた。校庭に雷が落ちたのだ。

「うわああっ！」

瞬は爆風をくらったように、はじき飛ばされるのを感じた。

(助けてっ。)

壁か床《ゆか》に、思いっきりたたきつけられる。

てっきりそう思ったのに、痛《いた》みはおそってこない。

おそるおそる目を開けると、瞬《しゅん》は机《つくえ》の前から動いていなかった。ふっ飛ばされたように感じたのは錯覚《さっかく》らしい。それでも、きーんと耳鳴りがしている。

（ああ、びっくりした。あんなのをまともにくらってたら、即死《そくし》だよ。）

息をととのえていると、目の前の赤いランドセルが目に入った。

（え、なんだこれ。）

どうして自分の机の上に、赤いランドセルがあるのだろう。いまのいままで、こんなものはなかったのに。

ランドセルには、ピンク色のクマのマスコットがついている。

なんの前ぶれもなく、また閃光《せんこう》が走った。目の前でフラッシュをたかれたような、強烈《きょうれつ》な光。

（ひえっ。また雷《かみなり》？）

瞬は床《ゆか》につっぷして、耳をふさいだ。

ふるえあがっていたのに、雷鳴《らいめい》がとどろくことはなかった。

瞬はやれやれと立ちあがった。

（だれもいなくてよかった。こんなところを女子に見られたら最悪だ。）

机に目をもどした瞬は、ぎょっとした。

赤いランドセルが、なくなっている。

瞬は机のまわりを調べたが、赤いランドセルはどこにもなかった。薄気味《うすきみ》悪くなった瞬は、逃《に》げるように教室をあとにした。

3　ランドセルの幽霊《ゆうれい》？

「いきなりあらわれて、とつぜん消えるランドセルか。すごいなあ。ぼくも見たかった。」

つぎの日。瞬《しゅん》から話を聞いた真人《まさと》は、のんきにいった。

「あのさ、手品じゃないんだから。おまけに赤いランドセルがあったのは、ぼくの席なんだ。もう完全なホラーだよ。」

「そういえば福富小《ふくとみ》の怪談《かいだん》があったよね。だれもいない教室で、女の子のすすり泣きが聞こえるっていう。」

「でも、泣き声なんか聞こえなかった。」

「ほんと？　教室のすみに、髪《かみ》の長い女の子がいたんじゃない？」

真人は両手を前にだして、おばけのかっこうをしてみせた。

「そのランドセルは、死んだ女の子のかもしれないよ。ご主人さまをさがして、いまも学校をさまよっているんだ。」

「へんなこというなよ。」

怖《こわ》くなったのをかくして、瞬は胸《むね》をそらした。

「ランドセルの幽霊なんて、聞いたことがないや。女の子の幽霊もいなかった。教室には、ぼくひとりだったんだから。」

瞬は、廊下《ろうか》で留華《るか》とすれちがったことを思いだした。留華は自分のランドセルを背負《せお》っていたから、あれは留華のものではない。

ひょっとして留華が、ランドセルのトリックをしかけたのだろうか？

（まさかね。だってなんのために、そんなことをする？）

それとなく留華をうかがうと、ばっちり目があってしまった。留華のほうも、瞬を見ていたのだ。

留華はなにくわぬ顔をして、また女子たちとしゃべりはじめた。

「留華って、よく瞬のこと見てるよね。」と真人がささやいた。「もしかして、瞬が好きなんじゃない？」

「ありえない。ぼくのことなんか嫌《きら》ってるよ。」

もともと瞬は、留華のような強気の女子は苦手だった。先月の出来事のせいで、留華とはいっそう気まずくなったのだ。そのことは真人にも話していない。

あの日も雨だった。

瞬《しゅん》は放課後に塾《じゅく》へむかうとちゅうで、通りにいる留華《るか》を見かけた。

留華といっしょにいたのは、六年一組の飯島壮太《いいじまそうた》。

壮太は閉《と》じた傘《かさ》をふりまわし、留華のランドセルをたたいていた。留華の傘は開いたまま道に落ちていて、くちびるをひき結んだ留華の顔が見える。

壮太は、いったん怒《おこ》ると手がつけられなくなる乱暴者《らんぼうもの》だ。相手が女子や下級生でも、見さかいなく暴力《ぼうりょく》をふるう。

荒《あ》れくるっている壮太を見て、瞬は足がすくんでしまった。留華を助けるべきなのはわかっているのに、からだが動かない。

留華は自分の傘をひろい、それでからだをかばおうとした。

ぐしゃっ。

壮太がふりおろした傘で、留華の傘が折れた。自分のからだが折られたように、瞬はびくっとした。

留華は折れた傘をもって逃《に》げだした。壮太はすぐにあとを追った。けれど大柄《おおがら》な男が角を曲がって来たのを見て、ふりあげていた傘をおろした。

留華が逃げおおせたのを見届《みとど》けて、瞬はあわてて立ち去った。壮太にからまれたくなかった

のだ。

（ああ、ひどいな。女の子に、なんであんなことを。）

電車に乗ったあとも、瞬《しゅん》は胸《むね》がうずいた。

いくら負けん気でも、留華《るか》が壮太《そうた》にケンカを売ったとは思えない。留華の目つきが気に入らないとか、そんなことで因縁《いんねん》をつけてきたのだろう。壮太はふくれあがった風船みたいに、さいなことで、ぱちんとはじけるのだ。

先生たちも壮太の暴力《ぼうりょく》をよく知っている。壮太の親も、何度も学校に呼《よ》びだされていた。けれどいくら叱《しか》られても、壮太はこりない。

「先生なんてのは、生徒がなにをしたって手がだせないのさ。生徒に暴力をふるったら、やめさせられるんだから。」

そんなふうにいって、壮太はにやりと笑うのだ。

（ぼくが見たことを先生にいったって、なんの役にも立たないだろう。かえって、壮太ににらまれるだけだ。）

それでもつぎの日になると、瞬の足は職員室《しょくいんしつ》へむいていた。

瞬は担任《たんにん》の久下《くげ》先生に、見たことを話した。なにもできず、見ていただけの自分が情《なさ》けなかったのだ。

「そうか、わかった。」

大学を出て教師《きょうし》になったばかりの久下先生は、背《せ》が高くてイケメンだが、いつも疲《つか》れた顔をしている。

「よく話してくれたね。このことは村井《むらい》先生と相談《そうだん》するから、あとはこっちに任《まか》せて。紺野《こんの》さんの名前はださないから、心配はいらないよ。」

六年一組の担任の村井先生は、ベテランの女の先生だ。久下先生では手に負えないので、壮太は一組になったらしい。

壮太が、先生からどんな罰《ばつ》をうけたのかはわからない。そのあと見かけても、壮太に悪びれたようすはなかった。留華もクラスメイトにランドセルの傷《きず》のことをきかれても、笑ってごまかしている。

（けっきょくぼくがしたことは、なんの役にも立たなかったな。）

そんなことを考えていると、渡《わた》り廊下《ろうか》で留華に声をかけられた。

「よけいなことしないでくれる？」

こわい顔で、留華はいった。

「紺野《こんの》って、ばかじゃないの？　久下《くげ》先生に告げ口して、どうにかなるとでも思ってるわけ？」

「ぼくが告げ口したこと、なんで知ってるの？」

「あのときに見てたの、紺野だけじゃない。」

吐《は》き捨《す》てるように、留華《るか》がいった。瞬《しゅん》は、かっと顔がほてった。

「ごめん、ぼく……。」

「誤解《ごかい》しないで。べつに助けてほしかったわけじゃないから。相手が壮太《そうた》じゃ、紺野がかなうわけないもんね。見て見ぬふりをしたって、それはかまわない。」

留華は鼻の穴《あな》をふくらませた。

「あたしがいいたいのは、いい子ぶって、中途半端《ちゅうとはんぱ》なことをするなってこと。先生たちが壮太になにをさせたと思う？　あたしに、むりやりあやまらせたんだよ。これっぽっちも悪いと思ってないくせに、壮太はあたしに頭をさげた。そんなことに意味があると思う？」

いい返したらひっぱたきそうな顔で、留華は瞬をにらみつけた。

「わかった？　あたしは紺野の助けなんかいらないから。あたしのことより、自分のことを心配したら？」

留華は大またで立ち去った。瞬は、その名のとおりシュンとしてしまった。

(留華のいうとおりだ。告げ口したって、なんにもならない。ただの自己満足《じこまんぞく》なんだ。)

わからないのは、留華が「自分のことを心配したら?」といったことだ。

(どういう意味だろう? 告げ口がばれたら、壮太に仕返しされるってことだろうか。それとも受験のこと?)

読者のあなたには、こっそりとお教えしよう。

答えは、そのどちらでもない。

4　ふたたび雨の日に

六月十四日は、朝から本降《ほんぶ》りの雨だった。

福富《ふくとみ》小学校はすっぽりと雨にくるまれ、廊下《ろうか》の奥《おく》はふだんより闇《やみ》が濃《こ》くなった。空気はじっとりと湿《しめ》り、机《つくえ》の天板が、ぺたぺたと肌《はだ》にはりついてくる。

そうじ当番の瞬《しゅん》は、一階にある分別コンテナにごみを捨《す》てにいった。

ゴロゴロゴロ、と遠雷《えんらい》が聞こえると、瞬は首をすくめた。

（また雷《かみなり》が落ちて、赤いランドセルがあらわれたらどうしよう。）

雨は風をはらみ、ざあっ、ざあっと、強弱のリズムで校舎《こうしゃ》をたたいている。

「紺野《こんの》。」

低い声にふりむくと、そこにいたのは壮太《そうた》だった。

瞬はすくみあがった。

ひとを痛《いた》めつけることばかり考えているせいで、壮太の顔はキツネのようにとがっていた。つりあがった目は、細められるとひどく残酷《ざんこく》になる。

「おまえの傘《かさ》、青の迷彩柄《めいさいがら》だろ。」

壮太は、肩《かた》をゆらしながら近づいてきた。

「わかってんぞ。留華《るか》のこといいつけたの、おまえだろう？」

たしかに瞬の傘は青の迷彩柄だ。お気に入りの傘。今日もさしてきたから、それを見られたのだろう。

瞬はすばやくあたりに目をくばった。近くに先生はいない。低学年の生徒たちが通りすぎていくだけだ。ちらりとこちらを見た生徒は、おびえたように足を速めた。

「なんとかいえよ。」

壮太が浅黒い顔を寄《よ》せてきた。瞬はあせって言葉をさがしたが、頭の中はまっしろだ。

「だいたいおまえ、オレのことばかにしてんだろ。」

壮太はうす笑いをうかべた。瞬がびくついているのが、なんとも心地いいのだ。

「そっちは優等生《ゆうとうせい》で、ばかは入れない中学に行くんだもんな。オレとは住む世界がちがうってか？」

ばしっと、壮太が瞬の足をけりつけた。瞬はよろけて、壁《かべ》に頭を打ちつけた。

「告げ口野郎《やろう》！　おまえみたいなやつが、いちばんうぜえんだよ！」

壮太のけりが、今度は瞬の腹《はら》に当たった。痛《いた》みというより恥《は》ずかしさで、瞬の顔が赤くなる。

さげすむような壮太《そうた》の顔が、ふと、留華《るか》の顔とかさなった。

「相手が壮太《そうた》じゃ、紺野《こんの》がかなうわけないもんね。」

瞬《しゅん》のからだの奥《おく》で、なにかがはじけた。壮太がまたけりつけてきたとき、瞬はうわあっと声をあげ、壮太を突《つ》き飛ばしていた。

反撃《はんげき》されると思っていなかった壮太は、完全にふいをつかれた。

みるみる、壮太の顔が怒《いか》りにゆがむ。

「こいつ！」

つかみかかってきた壮太をかわして、瞬はかけだした。逃《に》げ足は、けっこう速いのだ。あっけにとられる下級生たちをくぐりぬけ、飛ぶように廊下《ろうか》を走る。

壮太も、すぐに追いかけてきた。瞬は必死で階段をかけ上がった。六年二組の教室には、そうじ当番の真人《まさと》も残っているはずだ。

「この野郎《やろう》、待て！」

瞬は壮太がせまってくるのを感じた。

(だめだ、つかまる。)

教室に飛びこむのと同時に、ばっと稲妻《いなずま》が走り、けものが吠《ほ》えるような雷鳴《らいめい》がとどろいた。

瞬はいきおいあまって机《つくえ》にぶつかり、椅子《いす》もろとも床《ゆか》にころがった。

ひじをもろに打ちつけたが、痛《いた》みを感じるひまもない。いまにも壮太に首ねっこをつかまれるだろう。瞬はそう覚悟《かくご》した。

からだを丸めた瞬に、壮太は近づいてこなかった。

へんだと思った瞬は頭をめぐらし、うしろを見た。

壮太は、いなかった。

それだけではない。うす暗い教室には、だれもいなかったのだ。

(え?)

瞬は驚《おどろ》いて、からだを起こした。

壮太はどこにいったのだろう。そう思っていると、あるものが目に入った。

赤いランドセル。

自分の机の上に、またしても赤いランドセルがのっている。

(出た! ランドセルの幽霊《ゆうれい》!)

顔をひきつらせて、瞬はランドセルを見つめた。

使いこまれた、重そうなランドセル。ピンク色のクマのマスコットも、このあいだとおなじだ。名札には、きれいな字で「青山美月《みつき》」と書いてある。

（ぼくらの学年には、そんな子いないぞ。）

瞬《しゅん》の学年は二クラスだけなので、聞きおぼえのない名前はすぐわかる。

瞬はすばやく教室を見まわした。すすり泣く声が聞こえるという、怪談《かいだん》を思いだしたのだ。

ありがたいことに、女の子の幽霊《ゆうれい》はいなかった。けれどうしろの壁《かべ》を見て、瞬は目をうたがった。

神田川《かんだがわ》の地図のかわりに、見たことのないポスターがあったのだ。

「野生動物は、どれだけ生きる？」というポスターで、いろいろな動物たちの絵と、その平均《へいきん》寿命《じゅみょう》がのっている。ヤマアラシは五年から七年で、シロナガスクジラは八十五年。

（こんなもの、いつのまに。）

つぎに窓《まど》を見た瞬は、不安にかられた。

なにかがおかしい。けれど、なにがおかしいのかがわからない。まるで、まちがいさがしのクイズだ。

しばらくして、瞬はようやく答えにたどりついた。

（梁《はり》がない！）

野性動物は
どれだけ生きる？

耐震用《たいしんよう》にななめに渡《わた》された梁《はり》が、なくなっていたのだ。鉄でできた頑丈《がんじょう》な梁が、簡単《かんたん》にははがせるわけはないのに。

（どうなっているんだ？　大がかりないたずらか？　テレビのどっきり？　いったい、どんなトリックがあるんだ？）

黒板の右はしには「六月二十日（金）」と日付が書いてあった。

（きょうは六月十四日なのに。）

自分の机《つくえ》の中を調べると、置いてあるはずのプリントがなかった。あったのは「青山美月《みつき》」と書かれたノートに、髪《かみ》どめのゴム。

そこで瞬《しゅん》は、教室の机がちがうことに気がついた。上の合板はおなじでも、脚《あし》のデザインがちがうのだ。あらためて教室を見まわすと、席数も増《ふ》えている。

瞬は廊下《ろうか》に出て、ここがほんとうに六年二組の教室かどうかたしかめた。

入口の上には、たしかに「六年二組」のプレートが下がっている。

ところがとなりはコンピュータールームではなく、あるはずのない「六年三組」の教室だったのだ。

（うそだろう。いつのまに、こんなことになったんだ？）

5 似《に》ているけれど、ちがう場所

瞬はまたひとつ、校舎《こうしゃ》のちがいを見つけた。

廊下《ろうか》の壁《かべ》の色だ。

ペパーミントグリーンだったのが、オレンジ色になっている。ぼうぜんと壁を見つめていると、話し声と、こちらへ来る足音が聞こえた。

おびえていた瞬は、とっさに六年二組の教室にかくれた。ふたりの男子が熱っぽい声でしゃべりながら、廊下を歩いてくる。

「うわ、ドラゴンクエストやったの？　どうだった？　おもしろかった？」

「もう最高。はじめにプレイヤーの名前をつけるんだけど、どんな名前にするかで、あとあと変わってくるんだ。ダンジョンの中が真っ暗でさ、そこをどうクリアするか……。」

ふたり組は足早に通り過《す》ぎていった。瞬は教室から首をだして、ふたりのうしろすがたを見た。

ふたりとも黒いランドセルを背負《せお》っていて、幽霊《ゆうれい》や妖怪《ようかい》には見えない。ただ、知っている子ではなかった。それになにかが、しっくりこない。

（追いかけていって、声をかけようか。でも、なんていうんだ？　六年三組はなかったはずだし、壁《かべ》の色もちがうっていうのか？　おかしいのは学校じゃなくて、ぼくの頭だったりして。）

瞬《しゅん》は、なんとも心細くなった。

風がうなり、二階の廊下《ろうか》の窓《まど》に雨がたたきつける。

（いやいや、ぼくの頭がへんになったわけじゃないぞ。落ちつくんだ。お父さんだったら、どんなことがあったって冷静に考えるはずだ。）

目を閉《と》じて、深呼吸《しんこきゅう》をしてみる。

祈《いの》るような気持ちで目を開けても、廊下の壁はやっぱりオレンジ色だった。

（どう考えても、ぼくはいつもとちがう学校にいる。なぜだ。どうして、こんなことになった？）

瞬は思い返してみた。教室に飛びこむまでは、学校はふだん通りだったのだ。なのに閃光《せんこう》が走って雷《かみなり》が鳴ったとたん、すぐうしろにいたはずの壮太《そうた》も消えてしまった。

教室の戸口に立っていた瞬は、ふりかえって赤いランドセルを見た。

（このあいだランドセルがあらわれたのも、雷が鳴ったあとだった。もういちど雷が落ちると、ランドセルが消えた。どうやらこのおかしなことは、雷と関係がありそうだ。）

瞬は、このあいだ赤いランドセルがあらわれたときの教室を思いだそうとした。あそこは、いつもの教室だったろうか。それとも、うしろに動物のポスターがあった？　窓の梁《はり》は？

（だめだ、覚えてない。まさか雷の衝撃《しょうげき》で、べつの世界に吹《ふ》き飛ばされたわけじゃないよな？）

ここがべつの世界だとしたら、ちがうのは校舎《こうしゃ》だけではないかもしれない。そのことに気づいて、瞬はぞっとした。

（校門の外が、まるっきりちがっていたらどうする？　うちのマンションは、ちゃんとあるんだろうか。）

それをたしかめるために、瞬はゆっくりと階段を下りていった。どきどきして、心臓《しんぞう》が口から飛びだしそうだ。

階段だけは、いつもとあまり変わらないように思えた。けれど玄関口《げんかんぐち》は、はっきりとちがっていた。スチール製で扉《とびら》がついた靴箱《くつばこ》だったのが、木製《もくせい》の棚《たな》になっている。

ドラクエの話をしていたふたり組は、もう帰ったらしい。けれど入口にたたずんで、降《ふ》りしきる雨に見入っている女の子がいた。

背《せ》は瞬《しゅん》とおなじくらい。白いブラウスに、あわい水色のスカート。その下からほっそりした足がのびている。長い髪《かみ》が風にそよいでいた。

瞬の視線《しせん》に気づいたのか、女の子がふりかえった。

色白で、やさしげな顔だち。切りそろえた前髪が、ぱっちりした目をひきたてている。

少女の涼《すず》やかな瞳を見た瞬は、ひんやりした波に、さっと足を洗われた気がした。

(はじめて見る子だ。)

女の子が首をかしげた。

「紺野《こんの》くん?」

いきなり名前を呼《よ》ばれて、瞬はびっくりした。

「もう帰っちゃったと思ってた。」

まじめそうな、でもやわらかい声。

女の子は、また雨の校庭に目をむけた。緊張《きんちょう》して、そわそわしている。

「ふしぎなことがあったのは、雷《かみなり》が落ちた日だっていったでしょ? きょうもおなじようなお天気だし、またなにか起きる気がするの。」

「なにかって?」

(それに、きみはだれ?)

「いったでしょう。雷《かみなり》が鳴ったら、いきなりへんなところにいたの。木造《もくぞう》の古い校舎《こうしゃ》があって、空が真っ黒で。紺野《こんの》くんはそんなこと信じられないっていうけど、ほんとうのことなのよ。すごくこわかったけど、あそこって……。」

女の子が話しているとちゅうで、ばっと、閃光《せんこう》が走った。と同時に、大地をゆるがすような轟音《ごうおん》が鳴り響《ひび》く。

いきなり、女の子のすがたが消えた。

瞬《しゅん》はびっくりして、目をこすった。

女の子はいない。瞬はあわてて、女の子が立っていた場所に行った。雨の校庭をのぞいても、白いブラウスの女の子は、どこにもいなかった。

(いったいどこへ消えちゃったんだ?)

あたりを見まわしていると、瞬は強い光に目がくらんだ。猛《もう》スピードでチューブをくぐりぬけたような感覚がして、ごつん、とかたい床《ゆか》にしりもちをつく。

「あいたたた。」

腰《こし》をさすって起き上がった瞬が見たものは、スチール製《せい》の下駄箱《げたばこ》だった。

いつもの、見なれた玄関口《げんかんぐち》。レインブーツの生徒たちが、ぱたん、ぱたんと傘《かさ》を開き、雨の中に出ていく。

瞬はあわてて下駄箱をたしかめた。スチール製で、いつもの場所に、ちゃんと自分の靴《くつ》が入っている。

（もとの世界にもどったんだ。）

ほっとして、からだじゅうの力がぬける。

（それにしても、あの白いブラウスの子はだれだったんだろう。どうして、ぼくの名前を知っていたんだ？）

6　まぼろしの少女

とうぜんのことながら、その日の瞬《しゅん》は受験勉強どころではなかった。頭の中は奇妙《きみょう》な体験と、涼《すず》しげな目をした女の子でいっぱいだったのだ。

うわのそらで塾《じゅく》から帰った瞬は、机《つくえ》の前に座《すわ》りこんだ。

（雷《かみなり》のせいで、ぼくはいつもとちがう学校にまよいこんだ。そこには赤いランドセルがあって、あの子がいた。）

瞬が玄関口《げんかんぐち》で見た女の子は、ランドセルを背負《せお》ってはいなかった。

（あの子が青山美月《みつき》さんってことは、あるのかな。美月って、きれいな名前だけど。）

からだがほてって、胸《むね》の高鳴りが止まらない。こんな気持ちになったのは、生まれてはじめてだ。

（ぼく、へんだ。あの子とは、ちょっと言葉をかわしただけなのに。）

もういちど、あの子に会いたい。

「だあれ、青山美月って？」

ふいに母親の声がして、瞬はぎょっとした。

母親は瞬の肩《かた》ごしに、机に広げたノートをのぞきこんでいる。瞬はいつのまにか、青山美月という名前を書き散らしていた。

「もうっ、勝手に入ってこないでよ！」

瞬はノートにおおいかぶさった。

「ああら、ちゃんとノックしたわよ。それも聞こえなかったの？」

母親は湯気のたつチキンスープを机に置いた。

「てっきり、勉強に集中してるんだと思ってたのに。青山さんって、そんなにかわいい子なの？　塾で会った子？」

母親は、にやにやしている。

「小六っていえば、ママも好きなひとがいたな。川辺《かわべ》くん、いまどうしているかしら。」

「いいから、早く出てってよ。」

いつもとちがう学校にまよいこんで、知らない女の子と会った。そんな話を、この母親にできるものではない。受験勉強のストレスで、おかしくなったと思われるのが落ちだ。

母親を部屋から追いだすと、瞬はノートを閉《と》じた。どのみち、きょうはなにも頭に入らない。

その夜、瞬《しゅん》は夢を見た。

夢の中で、瞬は赤いランドセルのある教室にいた。

外は雨だった。瞬はオレンジ色の廊下《ろうか》に出て、階段を下りていった。木製《もくせい》の下駄箱《げたばこ》がある玄《げん》関口《かんぐち》に来ると、雨音がいっそうはげしくなった。

瞬の期待通り、白いブラウスの女の子がいた。雨の校庭に見入っている。

女の子は瞬に気づかない。

瞬はそっと近づいていって、声をかけた。

「青山さん？」

女の子が、くるりとふりむいた。

顔がちがう。

それは留華《るか》だった。目をつり上げて、留華はいった。

「あたしのことより、自分のことを心配したら？」


瞬は、ぱちっと目が覚めた。

時計を見ると、まだ午前一時半をまわったところ。瞬はあくびをして起き上がり、トイレに行った。

部屋にもどるとちゅうで、両親の寝室《しんしつ》の前を通ると、押《お》し殺した声が聞こえた。

「あたしが、瞬をほったらかしにしてるっていうの？」

瞬は立ち止まって聞き耳を立てた。

「そうはいってない。年がいもなくアイドルに入れこむのは、みっともないといってるんだ。」

「年がいもなくってなによ。それにスイートペインはアイドルじゃありません。いい音楽をやってるバンドを好きになって、なにが悪いの？　それにあたしは、やるべきことはちゃんとやってます。時間がない時間がないって、家族をほったらかしにしてるのはだれかしら。」

「わかった、もういい。」

ひややかな声で、父親はいった。

「いっつも、そうやって逃《に》げるのよね。けっきょくあたしのことなんて、どうでもいいのよ。結婚《けっこん》だって、世間体のためにしたんでしょう。」

瞬は息をこらした。母親がそう願っていたように、「ちがう。」といってほしかったのだ。

けれど父親は、なにも答えなかった。

それきり、ふたりの会話はとぎれた。ドアごしに、こわばった空気がつたわってくる。

(ああ、やだな。立ち聞きなんかしなきゃよかった。)

自分の部屋にもどっても、眠《ねむ》れそうにない。瞬《しゅん》はイヤホンをつけてCDを聞くことにした。

スイートペインの「ここにいないきみへ」。雨だれのようなギターの音が流れてくる。

ぼくは知っている
きみはどこにもいない
ばらばらのイメージかきあつめ
夢の色をまぶして
つくりあげたまぼろし

どこか遠い未来で
きみは待っているのかな
いつかわかる　いつか会える
そんなことはいわないで

指と指がふれあうように
きみの心を感じたい
約束はいらないから
今夜ぼくに　飛ぶ力を

ぼくは知っている
きみはここにはいない
音もなく進む　真夜中の惑星《わくせい》で
ぼくを感じてる

イヤホンをつけたまま、瞬はいつのまにか眠っていた。涼《すず》しい目をした、まぼろしの少女を夢みながら。

7　過《す》ぎ去りし時を求めて

六月十五日は、ひさしぶりに青空がひろがった。

瞬《しゅん》は寝不足《ねぶそく》の目をこすりながら、小学校の階段をのぼっていた。

「おい。」

待ちかまえていた壮太《そうた》が、前に立ちふさがった。ランドセルの肩《かた》ひもをつかまれ、瞬は身動きができなくなる。

「おまえ、きのう、どこに消えたんだよ。」

壮太は目を細めて、瞬の顔をのぞきこんだ。

「六年二組の教室に飛びこむのを見たのに、入ったらいなかった。いったい、どんな手をつかって逃《に》げたんだ？」

「あ、あの。」

（それを知りたいのは、こっちなんだけど。）

「ばかにしやがって、とっとと教えろよ。」

瞬にかかる壮太の息は、ポテトチップスのにおいがする。

「こら、なにをしてるんだ。」

担任《たんにん》の久下《くげ》先生が足早に寄《よ》ってきた。ぱっと、壮太が瞬から手をはなす。

「なんにもしてませんよ。」

壮太はうす笑いをうかべた。

「ちょっとふざけてただけです。なあ？」

久下先生が心配そうに瞬を見つめる。

「紺野《こんの》さん、ほんとうかい？」

「ほんとうです。なんでもありません。」と瞬は答えた。

壮太は、にやにや笑っている。久下先生のことなど、ちっとも怖《こわ》くないのだ。

久下先生は、どうしたらいいかまよっている。それを救うように、始業のチャイムが鳴った。

「飯島《いいじま》さんは、早く自分の教室に行きなさい。」

「はあい。」といって、壮太はちらりと瞬を見た。いまはかんべんしてやるが、このままではすまさないぞというように。

壮太が行ってしまうと、久下先生は瞬の顔をのぞきこんだ。

「紺野さん、このあいだのことで、なにかいわれたのかい？」

「いえ、べつに。」

「困《こま》ったことがあったら、ちゃんと先生にいうんだよ。いいね？」

二度と告げ口する気はなかったが、瞬《しゅん》はうなずいた。

（壮太《そうた》はしつこいから、ぼくが消えたわけを聞きだすまで、あきらめないかも。）

教室に入ると、真人《まさと》が笑顔をむけてきた。

「おはよう。瞬、どうかした？　またランドセルの幽霊《ゆうれい》でも見たの？」

瞬は、すがるように真人を見た。真人なら、自分のいうことを真剣《しんけん》に聞いてくれる。

「じつは、そうなんだよ。」

瞬は思いつめた顔で、ふしぎな体験を告白した。

真人はからかったりせず、話を聞いてくれた。すっかり話し終ったのは昼休み。屋上のすみに座《すわ》りこんで、瞬はため息をついた。

「信じてもらえなくてもしかたないけど、ほんとうの話なんだ。」

「わかってるよ。」

真人は、ぱちぱちとまばたきをした。

「瞬はつくり話をするタイプじゃないし、頭がおかしいわけでもない。ということは、ほんと

うにそういうことが起きたんだ。」

「ほんと？　ほんとに信じてくれるの？」

「ぼくはね。でもいまの話は、大人にしちゃだめだよ。ぜったいに信じてくれないから。」

「わかってる。そんなことしたら、むりやりカウンセリングを受けさせられて、薬をのむはめになる。」

「でも話を聞いてると、まるっきりべつの世界に行ったってわけでもないんだね。」

「うん。ここととよく似《に》た小学校があって、ドラクエもあるんだから。」

ドラゴンクエスト。

瞬《しゅん》はとつぜん、あることがひらめいた。

「過《す》ぎ去りし時を求めて。」

「え？」

「真人《まさと》、ぼくはもしかして、過去《かこ》にタイムスリップしたのかもしれない。」

「過去？　時間をさかのぼったってこと？」

「うん。『過ぎ去りし時を求めて』っていうのは、去年発売されたドラクエ11のタイトルだよ。

ぼくが見たふたり組は、ドラクエ11じゃなくて初代のドラクエの話をしていたんだ。プレイヤーにつけた名前で条件《じょうけん》が変わったり、ダンジョンの中が真っ暗なのは、初代のドラクエだけだもの。」

「瞬がゲームにくわしいなんて知らなかったな。詰《つ》め将棋派《しょうぎは》じゃなかったっけ？」

「そのほうが脳《のう》の訓練《くんれん》になるって、お父さんはいうんだけど。ええっと、ドラクエが最初に発売されたのは、たしか一九八六年だ。いまから三十二年前だね。つまりぼくは、三十二年前の福富小《ふくとみ》にタイムスリップしたんだ。下駄箱《げたばこ》が木っていうのも、むかしっぽくない？」

「三十二年前じゃ、昭和だもんね。」

「六年三組があったのも、むかしのほうが生徒数が多かったからだ。」

「たしかに。」

瞬は、ぱちんとひたいをたたいた。

「梁《はり》だ！　真人《まさと》、やっぱりタイムスリップだよ。耐震用《たいしんよう》の梁って、東日本大震災《だいしんさい》のあとについたんだから。三十年以上前だったら、梁はまだない。」

そこで瞬は、はたと気づいた。あれが三十年以上前の世界だったとしたら、あのかわいい女の子も、いまは四十を過ぎていることになる。

「でも、ふしぎだよね。」と真人はいった。「そのかわいい子は、どうして瞬の名前を知ってたんだろう?」

「さあ。そこんところは、わからないけど。」

目の前に、さっと影《かげ》が落ちた。

ふりむくと、留華《るか》が立っていた。

いつのまにかそばに来ていたらしい。

気づかれたと知った留華は、なにくわぬ顔で屋上から出て行った。

「盗《ぬす》み聞きでもしてたのかな。」

「やっぱり、瞬が好きなんだよ。」

真人《まさと》はひとりで、うなずいていた。

8　卒業アルバム

母親は台所で夕飯のあと片《かた》づけをしていた。スイートペインの曲で鼻歌を歌い、腰《こし》をふりながら食器を洗《あら》っている。

瞬《しゅん》は、まだ帰宅しない父親の書斎《しょさい》にすべりこんだ。自分のパソコンは持っていないので、父親のパソコンで調べものをしたかったのだ。

父親は几帳面《きちょうめん》な性格《せいかく》なので、書斎はいつもすっきりと片づいていた。机《つくえ》の上のメモ帳とボールペンも、定規《じょうぎ》をあてたように平行にならんでいる。

瞬はパソコンの前に座《すわ》った。勉強のためなら使ってもいいといわれているので、インターネットで「青山美月《みつき》」の名前を検索《けんさく》する。

写真集をだしている、青山美月というひとがいた。水着を着たセクシーなお姉さんは、瞬が見た女の子とは似《に》ても似つかない。

（これはちがう、と。）

つぎに「青山美月　福富《ふくとみ》小学校」と入れてみる。

画面が切りかわって瞬の目に飛びこんできたのは、「行方不明」という単語だった。

どきりとして、瞬《しゅん》は座《すわ》りなおす。

「中央区福富《ふくとみ》小学校六年生の青山美月《みつき》さん（十一歳《さい》）が行方不明になり、警察《けいさつ》は公開捜査《そうさ》にふみきった。美月さんは今月二十日に小学校から帰宅せず、ランドセルだけが教室に残されていた。いまのところ通学路での目撃情報《もくげきじょうほう》はなく、なんらかの事件《じけん》に巻《ま》きこまれた可能性《かのうせい》がある。失踪《しっそう》当時の服装《ふくそう》は白いブラウスに水色のスカート……。」

記事の日付は、一九八六年六月二十三日になっていた。

（一九八六年！　てことは、初代のドラクエが発売された年だ。）

行方不明になった美月《みつき》の服装は、瞬が見た女の子のものとおなじだ。

（やっぱりあの子が、青山美月さんなのか？）

ほかの記事をチェックしても、写真が出ているものはなかった。気になるのは「なんらかの事件に巻きこまれた可能性がある。」というばかりで、見つかったとか、ぶじだったという記事が出てこないことだ。

わかっているのは、教室にランドセルが残っていたことだけ。

瞬が教室で見た赤いランドセルには、美月の名前が書いてあった。

(だけどぼく、赤いランドセルを二回見てるんだよな。)

最初に見たのは今週の火曜、六月十二日。

二回目は、昨日の六月十四日。机《つくえ》の上にまた赤いランドセルがあって、教室の黒板には六月二十日の日付があった。そして瞬は玄関口《げんかんぐち》に行って、美月に会ったのだ。

(あれは二回とも、一九八六年の六月二十日だったのかもしれないぞ。青山美月さんが、行方不明になった当日。)

玄関口で雷《かみなり》が鳴ったとき、いきなり美月が消えたことは、はっきりと覚えている。

(閃光《せんこう》が走って轟音《ごうおん》がしたら、ぱっと消えた。タイムスリップしたときって、あんなふうに見えるんじゃないのかな。)

美月は前の雷で「へんなところ」に行ったと話していた。そこには古い木造校舎《もくぞうこうしゃ》があったという。

(美月さんは、ぼくと会う前にも過去《かこ》にタイムスリップしてるんだ。もしかしたら、ぼくは美月さんが行方不明になった現場《げんば》にいあわせたのかもしれないぞ。美月さんはあのときまた過去へ行って、そのまま帰れなくなっているのかも。だとしたらたいへんだ。)

ひじがあたって、父親のボールペンが机《つくえ》から落ちた。床《ゆか》をころころところがるボールペンを、瞬《しゅん》はしゃがんでつかまえた。

ひざをついた瞬の前にあったのは、ガラスの引き戸がついた本棚《ほんだな》だった。下段に整然《せいぜん》とならんでいるのは、共成《きょうせい》学園や大学の卒業アルバムだ。

本棚のすみには、『福富小《ふくとみ》の仲間たち』という古いアルバムがあった。

（そうか。お父さんも福富小だったっけ。）

小学校時代の思い出話は聞いたことがないが、卒業生だということは知っている。

瞬は引き戸を開けて、福富小のアルバムをとりだした。

濃《こ》い赤でコーティングした表紙に、金色の文字。中を開けてめくっていくと、耐震用《たいしんよう》の梁《はり》のない校舎《こうしゃ》の写真がのっていた。廊下《ろうか》がうつっている写真を見ると、壁《かべ》の色はオレンジ色だった。

六年生のクラスは三組まであった。各クラスの集合写真のあとに、名前のついた顔写真がならんでいる。

六年二組のページには、父親、紺野順平《こんのじゅんぺい》の写真があった。

小学六年生の父親は、思いつめたような顔をしている。

（なんか、めちゃくちゃ暗いな。）

瞬《しゅん》はアルバムの表紙を見返した。一九八六年度卒業生、とある。

（一九八六年度。青山美月《みつき》さんが六年生だったときだ。うわあ。お父さんは、青山美月さんと同級生なんだ！）

あらためてアルバムをめくり、美月の顔写真をさがす。しかし、青山美月の名前はどのクラスにもない。

（六月に行方不明になったままで、卒業していないってことかな。ランドセルは六年二組の教室にあったんだから、二組だったんだろうに。）

瞬は、少女に「紺野《こんの》くん。」と話しかけられたことを思いだした。

（玄関口《げんかんぐち》は暗かったし、ぼくのことを、お父さんとかんちがいしたのかもしれない。そりゃそうだ。ぼくのことを知ってるわけがないもんな。）

卒業アルバムをもとの場所にもどして、瞬は立ち上がった。

（お父さんと青山美月さんはクラスメイトだったんだ。これはなんとしても、お父さんに話を聞かなくちゃ。）

9　トラウマ

六月十七日、日曜日の朝。

母親とふたりで朝食をすませた瞬は、そっと両親の寝室《しんしつ》のドアを開けた。

カーテンを閉《と》ざした部屋の中に、ベッドで眠《ねむ》る父親のシルエットが見えた。毎日夜遅《おそ》くまで働いているので、日曜日は十時すぎまで起きてこないのだ。

いまより幼《おさな》かったころ、瞬は日曜日に父親と遊べないのがつまらなかった。むりに父親を起こそうとしては、母親に叱《しか》られたものだ。

高学年になったいまは、そんなことはしない。毎日いそがしい父親に、休息が必要なのはわかっている。

（しかたない。ゆうべは時間がなかったし、美月さんのことを聞くとしたら、いましかないもんな。）

瞬はベッドに近づいて、眠っている父親の肩《かた》にふれた。父親は目をさまさない。

瞬はしかたなく、父親の肩をゆさぶった。ようやく、父親は目を開けた。

「ん？　瞬か？　どうした？」

眠《ねむ》そうに目をこすりながら、父親はからだを起こした。ちらりと、まだ九時をさしている時計をたしかめる。

「起こしちゃってごめんなさい。どうしても聞きたいことがあって。」

瞬はベッドの横に座《すわ》りこんだ。父親はサイドテーブルにあった眼鏡《めがね》をかけると、けげんな顔で瞬を見た。

「お父さん、青山美月《みつき》さんって知ってる？　福富《ふくとみ》小学校で同級生だったでしょ。」

そういうと、父親の顔がこわばった。

「お父さん？」

みだれた髪《かみ》をかきあげ、父親はやっと答えた。

「ああ、知ってる。」

「やっぱり知ってるんだ！」

「しかし、なんだって瞬が……。」

「美月さんって、六年生のときに行方不明になったでしょ？　それから見つかったの？」

父親はうつむいて、ぼそりといった。

「いや。行方不明になったまま、遺体《いたい》も見つからなかった。」

「遺体？」

「美月ちゃんは、なにもいわずにいなくなるような子じゃない。世の中には女の子を誘拐《ゆうかい》して命をうばうような、むごいやつがいるんだ。彼女もそういう犯罪者《はんざいしゃ》の犠牲《ぎせい》になったんだろう。」

「お父さんは美月さんと親しかったんだね。美月さんって、すごくかわいい子だったでしょ。髪《かみ》が長くて、前髪は眉《まゆ》のところで切りそろえて、目がきれいで……。」

瞬がいいつのると、父親は眉をひそめた。

「瞬はどうして、美月ちゃんを知っているんだ。どこかで写真を見たのか？」

「行方不明の話は、ネットで見たんだけど。」

瞬は、背筋《せすじ》を伸《の》ばした。

「お父さん。ぼくはこれから変わった話をするけど、ぼくのことを信じて、最後まで聞いてくれる？」

父親はいぶかしげに瞬を見たが、うなずいてくれた。

勇気《ゆうき》をふるって、瞬は話した。できるかぎり冷静に。

雷《かみなり》の衝撃《しょうげき》で過去《かこ》へ行き、青山美月らしい少女と出会ったことを。

「美月さんは、ぼくのことを『紺野《こんの》くん。』って呼《よ》んだ。ぼくを、お父さんとかんちがいしたんだと思うんだ。雷が鳴ったあとに古い校舎《こうしゃ》を見たのに、話しても信じてくれなかったって、美月《みつき》さんはいってた。タイムスリップの話を聞いて、それを信じなかったっていうのは、お父さんだよね？　覚えてる？」

瞬《しゅん》は期待をこめて、父親の顔をのぞきこんだ。しかし、父親は首を横にふった。

「いや、そんな話を聞いた記憶《きおく》はない。」

「え？　でも。」

「覚えているのは、なにか話があるから、いっしょにいてくれといわれたことだ。美月ちゃんが行方不明になった、あの日にね。だけどお父さんは、塾《じゅく》があるからと断《ことわ》った。美月ちゃんが行方不明になったのは、お父さんの責任《せきにん》なんだ。」

父親の顔が、苦しそうにゆがんだ。そんなふうに感情《かんじょう》をあらわにした父親を、瞬ははじめて見た。

「そんな、お父さんのせいじゃないよ。美月さんは殺人犯《さつじんはん》に誘拐《ゆうかい》されたんじゃなくて、タイムスリップしたんだ！」

「瞬、やめなさい。」

父親は、声を強めた。

「理性的になるんだ。お父さんには、瞬になにが起きたのか想像《そうぞう》がつく。」

「ほんとに？」

「あれは瞬が幼稚園《ようちえん》のころだ。長野のおばあちゃんの家に行ったとき、瞬は裏山《うらやま》で落雷《らくらい》にあった。」

「落雷？」

「樹《き》の下にいて、樹に落ちた雷《かみなり》の衝撃《しょうげき》で吹《ふ》き飛ばされたんだ。地面に倒《たお》れて、うわごとをいってたんだよ。」

そういわれても、落雷のことなど、さっぱり思いだせない。

「そんなこと、ぜんぜん覚えてないや。だれも教えてくれなかったし。」

「ショックな出来事を、思いださせたくなかったんだ。それ以来、瞬は雷をひどく怖《こわ》がるようになった。そんな経験《けいけん》が、トラウマになるのはとうぜんだ。」

父親はよくわかるというように、うなずいてみせた。

「校庭に雷が落ちて、ひどいショックを受けたんだろう。雷に吹き飛ばされた体験がよみがえって、一時的に、学校がちがう場所のように思えた。」

「でも、ぼくはほんとうに、いつもとちがう教室にいたんだよ。それに美月さんに会ったことは、どうやって説明するの？」

「だから瞬《しゅん》が会った女の子は、美月《みつき》ちゃんじゃないんだよ。」

父親は、きっぱりといった。

「それともその子が、青山美月だと名のったのかい？」

「それは、ちがうけど。」

「自分で覚えていなくても、瞬は事件を耳にしたことがあったんだ。むかしの校舎《こうしゃ》の写真だって、どこかで見たんだよ。それが落雷《らくらい》のショックでまじりあって、過去《かこ》に行ったような錯覚《さっかく》を起こした。そうとしか考えられないな。」

瞬は納得《なっとく》できず、くちびるをかんだ。父親は心配そうに瞬を見つめている。

「頭が痛《いた》いとか、ぼうっとするとか、そういうことはあるのか？」

「え？　ううん、そんなことはぜんぜんないよ。ぼく、病気なんかじゃないから。」

父親は、瞬の肩《かた》に手を置いた。

「瞬、いまは中学受験でたいせつな時期だろう。よけいなことは考えないで、勉強に集中しなさい。」

（これ以上、わけのわからないことはいわないでくれ。）

父親のそんな想いを、瞬はそのまなざしからくみとった。

瞬は弱弱しくうなずいて、自分の部屋にもどった。

（お父さんはああいうけど、あれは錯《さっ》覚《かく》なんかじゃない。真人《まさと》のいうとおりだ。やっぱり大人は、わかってくれないんだな。）

スイートペインのポスターが目に入った。二十九歳《さい》でもおっさんに見えないレイジが、瞬を見つめている。

（レイジだったら、どうだろう？　ぼくがタイムスリップしたことを信じてくれるだろうか？）

10　色あせたポスター

六月十八日、月曜日。

「瞬《しゅん》が会った子が、行方不明になってるっていうの？」

瞬から話を聞いた真人《まさと》は、ぱちぱちとまばたきをした。

「そうなんだよ。校庭に雷《かみなり》が落ちたとき、美月《みつき》さんはいきなり、ぱっと消えたんだ。きっとあれは、タイムスリップをしたんだよ。うんとはなれた時間に飛ばされて、帰ってこられないんだと思う。たから、いまだに行方不明なんだ。」

「戦国時代にでも行ったってこと？　そう決めつけるのは、ちょっと早いんじゃない？」

「でも可能性《かのうせい》はあるだろ。どんなにおそろしいことか、わかるかい？　知ってるひとがだれもいない過去《かこ》の世界に、とり残されるなんて。」

瞬の瞳《ひとみ》は熱をおび、きらきらと光った。

「考えたんだ。ぼくがもういちど一九八六年六月二十日に行くことができれば、美月さんが行方不明になるのを止められるかもしれない。」

「どうやって？　瞬がしなきゃいけないのは、雷が鳴りそうなら、地下室にかくれることだよ。」

真人は、いつになく真剣《しんけん》な顔つきになった。

「またタイムスリップして、瞬まで行方不明になったらどうするんだい。過去に行ったからって、美月さんを助けられる保証《ほしょう》はないし。」

「だからって、ほうっておくわけにはいかないよ！」

瞬はじめて、真人に強い言葉を返した。説得しようとする真人に背《せ》をむけて、瞬はくちびるをかんだ。

（ぼくはいままで二回とも、もとの時間に帰ってくることができたんだ。それにぼくでなけりゃ、だれが美月さんを助けられる？）

外は雨。また雷鳴《らいめい》がしないかと、瞬は気もそぞろで授業《じゅぎょう》を受けた。

その日の授業が終わると、瞬はトイレに行った。すると、壮太《そうた》がちょうどトイレから出て来るところにぶつかってしまった。

瞬に気づいた壮太は、獲物《えもの》を見つけた肉食獣《にくしょくじゅう》のような顔になった。すぐさま、瞬は逃《に》げだした。

もちろん壮太は追いかけてきたが、瞬はこのあいだとちがって、六年二組の教室にかけもどったりしなかった。いちもくさんに、職員室《しょくいんしつ》をめざしたのだ。

「こらあ、廊下《ろうか》を走らない！」

村井《むらい》先生に怒鳴《どな》られたが、瞬《しゅん》はなんとか職員室にたどり着くことができた。ふりかえると、壮太《そうた》はいまいましげな顔でこちらをにらんでいる。

（よかった、逃《に》げ切った！）

職員室にすべりこむと、「はくしょん！」というくしゃみが聞こえた。担任《たんにん》の久下《くげ》先生が、教員用ロッカーの前で、せきこんでいる。

「久下先生、風邪《かぜ》ですか？」

「いや、むかしの教材やらなにやら、不用品がたまっていてね。整理しろっていわれたんだ。」

いちばん下っぱの久下先生は、苦笑いをした。

見れば教員用ロッカーの上は、段《だん》ボールや紙束でいっぱいだった。長いあいだ放置されていたので、ほこりがたまっている。生徒には整理整頓《せいりせいとん》を指導《しどう》しているくせに、いいかげんなものだ。

「これなんかは、処分《しょぶん》するしかないなあ。」

久下先生はロッカーのすきまにつっこまれたポスターを引っ張《ぱ》りだした。

「トドのオスの寿命《じゅみょう》は十八年、メスは三十年か。野生動物も、メスのほうが長生きするんだね。」

久下先生は、ため息をついている。

瞬はポスターの絵に見覚えがあった。過去《かこ》の教室で見たポスターだ。まあたらしかったポスターは、古びてほこりにまみれていた。紙は黄ばんでシミが入り、絵の色もあせている。

時間がたてば、どんなものでも古びてしまう。頭ではわかっていても、それをまのあたりにするのは、ぞっとすることだった。

「あの教室にあったポスターだ。」と、瞬はつぶやいた。

「あの教室?」

「いえ、あの。」

久下先生がおかしな顔をしたので、瞬はあわててごまかした。

「お父さんもここに通ってて。教室に野生動物のポスターがあったって、聞いたことがあったから。」

「へえ、紺野《こんの》さんのお父さんも福富《ふくとみ》小の卒業生なのか。」

「先生も、ここの卒業生なんですか?」

「いや、ぼくは神奈川《かながわ》の出身だから。それはそうと、きょうの紺野《こんの》さんは、授業中《じゅぎょうちゅう》うわのそらだったね。また飯島壮太《いいじまそうた》さんのことで相談《そうだん》に来たのかな?」

「いえ、そういうわけじゃ。」と瞬《しゅん》は目をそらした。久下《くげ》先生はさみしそうな顔で、ぼやいた。

「飯島さんのご両親は、ごくふつうの方なんだけどねえ。いったいどうして……。」

「すみません。ぼく、ちょっとトイレに。」

がまんできなくなった瞬は、壮太が待ちぶせしてないのをたしかめて、一階のトイレにかけこんだ。用を足してほっとした瞬は、ざあざあと水を流して手を洗《あら》った。水色の洗面台《せんめんだい》には、ななめにひびが入っている。

窓《まど》のすきまから、雨まじりの風が吹《ふ》きこんできた。

瞬は、ふとおかしな感覚におそわれた。

(小学生だったお父さんも、ここに立って、こんなふうに雨をながめていたことがあるのかな。)

そしていまの瞬とおなじように、美月《みつき》のことを考えたりしていたのだろうか。

涼《すず》やかな瞳《ひとみ》を、のぞきこんでみたいと。

ドドドドドーン。

空気を引きさく音とともに、雷《かみなり》が落ちた。

ふいうちをくらった瞬は、息をのんだ。頭から血の気がひくような、飛ばされる感覚。

ぞっとしてまばたきすると、洗面台にあったひびが消えていた。

瞬は、ごくりとつばを飲みこんだ。

（てことは……。）

あわててトイレから出た瞬を待ちかまえていたのは、オレンジ色の壁《かべ》だった。

（やっぱり！　また、むかしの校舎《こうしゃ》にタイムスリップしたんだ。）

瞬はオレンジ色の壁を叩《たた》いてみた。かたくて、びくともしない。

（これは現実《げんじつ》だ。雷のショックで、まぼろしを見ているわけじゃないぞ。）

職員室《しょくいんしつ》をのぞいてみると、久下先生の机《つくえ》に座《すわ》っているのは、見たことのない女の先生だった。

壁の日めくりカレンダーは、六月二十日の日付になっている。

（六月二十日！　美月《みつき》さんが行方不明になった日だ。）

足早に、瞬は玄関口《げんかんぐち》にむかった。前にも見た木製《もくせい》の靴箱《くつばこ》がある。

戸口に目をやった瞬の胸《むね》が、どくんと鳴った。

白いブラウスに水色のスカートの女の子が、雨の校庭をながめている。

「すみません！」

瞬《しゅん》が声をかけると、女の子はふりむいた。あの子だ。

「紺野《こんの》くん？」

瞬が近づくと、女の子の顔にとまどいがうかんだ。

「あ、ごめんなさい。紺野くんに似《に》てたから。」

「いえ、あの、ぼくも紺野です。紺野瞬。」

「順平《じゅんぺい》くんの弟？」

「えっと、それより青山美月《みつき》さんですか？」

「そうですけど。」

「やっぱり！」

澄《す》んだ目で見つめられ、瞬はどきどきしながら言葉をさがした。

「あの、美月さんは雷《かみなり》が鳴ったら、むかしみたいなところへ行ったんだよね？　じつはぼくもそうなんだ。ぼくは紺野順平の息子で、たったいま、未来からタイムスリップしてきたんだよ。」

美月の目が、驚《おどろ》きに見開かれた。

「ぼくたちって、なにか共通点があるのかも。それで……。」

いい終らないうちに、ぱっと、美月の顔が照り輝《かがや》いた。稲妻《いなずま》だ。

（いけない！）

轟音《ごうおん》とともに、校庭に雷が落ちた。瞬はとっさに手を伸《の》ばし、美月の腕《うで》をつかんでいた。

11　黒い煙《けむり》

（くさっ！）

いままでかいだことのないような、すさまじい悪臭《あくしゅう》がした。脂《あぶら》っぽいものが焦《こ》げるにおいと、糞尿《ふんにょう》がまじりあったような。

ごほごほとむせた瞬《しゅん》は、美月《みつき》の腕《うで》をしっかりつかんでいることに気がついた。

「あ、ごめん。」

瞬は、さっと手をはなした。美月も、苦しそうにむせている。

玄関口《げんかんぐち》は消えていた。

ふたりはいつのまにか、戸外に立っていた。

雨は降《ふ》っていない。空は、もうもうたる黒煙《こくえん》におおわれている。足もとは小石まじりの、でこぼこした地面。

砂《すな》ぼこりが舞《ま》い、そのむこうで、たき火からさかんに炎《ほのお》があがっていた。なにかが大量に燃《も》やされ、ぶすぶすと音を立てている。

あたりには高い建物も見えず、黒い空がひたすらに広がるばかり。

（なんだここは？　まさか地獄《じごく》？）
「ねえ、あれを見て。」
美月がか細い声で、うしろを指さした。
そこにあったのは二階建ての、古めかしい木造建築《もくぞうけんちく》だった。瓦屋根《かわらやね》で、まんなかの入口には
ひさしがつきでている。入口の横には、「福富尋常小學校《ふくとみじんじょうしょうがっこう》」と書かれた札。
「わたし、このあいだも、あの校舎《こうしゃ》を見たの。ここは、いったいどこ？　なんだか、こわい夢《ゆめ》
でも見ているみたい。」
美月の肩《かた》が、小きざみにふるえている。瞬はごくりとつばを飲み、（しっかりしなきゃ。）と
自分にいい聞かせた。
「あれはきっと、福富小のむかしの校舎だ。信じられないだろうけど、ぼくたちは過去《かこ》にタイ
ムスリップしたんだよ。」
「タイムスリップ？」
美月はまじまじと瞬を見つめた。
「玄関口で会ったとき、ぼくは二〇一八年から一九八六年に飛んで来たんだ。それでいま、ぼ
くらはいっしょに、もっと前の時代にタイムスリップしちゃったんだと思う。」

「でも、どうして？」

「それはわからない。ただ近くに雷《かみなり》が落ちると、過去《かこ》に飛ばされるんだ。美月《みつき》さんが前にここに来たのも、雷のあとだっていってたよね。それでもどるときは、稲妻《いなずま》が光らなかった？」

美月は息をのんで、うなずいた。

「なんで知ってるの？」

「ぼくにも、おなじようなことが起きたから……げほっ。」

瞬は、またむせた。たき火の煙《けむり》を吸《す》いこんだので、のどが痛《いた》い。

「なにを燃《も》やしているのかしら？」

ふたりはおそるおそる、もうもうたる炎《ほのお》に近寄《ちかよ》った。

燃やされているのは大量の布団《ふとん》だった。着物やズボンの切れはしも見える。

「なんで布団を燃やしてるんだろう？」

ふたりが首をかしげていると、煙をかいくぐって、小柄《こがら》な女があらわれた。

三十代くらいの女は、日本髪《がみ》を結《ゆ》い、紫色《むらさきいろ》の着物を着ていた。顔の下半分を布《ぬの》でおおい、うつむいたまま道を急いでいる。

あっけにとられたふたりの横を、女は足早に通り過《す》ぎていった。

「まるで時代劇《じだいげき》みたい。」

「やっぱり、ここは過去《かこ》なんだ。福富《ふくとみ》小があるってことは、少なくとも明治よりあとだけど。」

「ここが、むかしの東京だっていうの？」

美月《みつき》は泣きだしたいのを、必死にこらえている。

「でもすぐ、もとにもどれるわよね。このあいだも二、三分で、もとの校舎《こうしゃ》にもどってたの。こんども、だいじょうぶよね？」

「うん。」といったものの、瞬《しゅん》は胸《むね》がふさいだ。美月は行方不明になっている。つまり、ここからもどれるかどうか、わからないのだ。

うう、とうめき声がした。

ふたりははっとして、あたりを見まわした。うめき声は、たき火のむこう側から聞こえてくる。たき火をまわりこむと、地面に子どもが倒《たお》れていた。小学校低学年くらいの女の子。絣《かすり》の着物を着ているが、帯がゆるんで胸《むな》もとがはだけている。三つ編《あ》みのお下げが、いまにもほどけそうだ。

女の子が病気なのは、ひと目でわかった。

息もたえだえで、高熱のせいか顔が真っ赤になっている。口のまわりには、吐《は》きもどしたものがこびりついていた。

「どうしたの？　しっかりして。」

美月は倒れている子に、ぱっとかけ寄《よ》った。

「み、水……。」

着物の子が、苦しそうにあえぐ。

「水？　お水が飲みたいのね？」

さっきまでのおびえたようすはどこへやら、美月はさっと女の子を抱《だ》きよせた。

「紺野《こんの》くん、お水さがしてきてくれる？」

美月は、思いつめた顔で瞬を見上げた。

「お願い、急いで。」

「わかった。ちょっと待ってて。」

瞬ははじかれたように、木造校舎《もくぞうこうしゃ》へ走っていった。戸には鍵《かぎ》がかかっていて、中へ入ることができない。

（どうしよう。水。学校があるんだから、近くに家があるはずだ。）

あせってうろうろしていると、舗装《ほそう》をしていない通りに出た。両側には並木《なみき》がならんでいる。

いきおいよく馬車が走ってきたので、瞬《しゅん》はあわててよけた。砂《すな》ぼこりをあげ、馬車ががらがらと通り過《す》ぎる。

一枚の紙が風に飛ばされてきた。

並木にひっかかった紙をつかんでみると、それはチラシのきれはしだった。「虎列刺」という文字があり、牙《きば》をむいた虎《とら》のイラストが描《えが》いてある。

（サーカスの宣伝《せんでん》かな。）

平屋の木造《もくぞう》家屋《かおく》があったので、瞬はチラシを捨《す》てて近づいた。長屋のように、おなじような家が何軒《なんけん》もならんでいる。

手前の家の戸が細く開いていて、着物のおばさんが瞬を見つめていた。けれど瞬が近づくと、戸をぴたりと閉《と》じてしまった。

「すみません！　水がほしいんですけど！」

戸をたたいても、返事はない。ほかの家の戸も閉《し》まっている。

（どこかに水道がないかな。）

きょろきょろしていると、建物のあいだに、木製《もくせい》の大きな桶《おけ》があった。タンクのような桶で、横に丸い穴《あな》が開いている。

（なんだろう。これ？）

穴をのぞきこんだ瞬は、いきなり、ぴしりと背中《せなか》をたたかれた。

「いたっ。」

ふりむくと、ひげ面の男が立っていた。肩章《けんしょう》のついた黒い上着とズボン、黒い帽子《ぼうし》をかぶって警棒《けいぼう》を手にしている。

「こらあ、なにをしておる！」

男は声を荒《あら》げ、Tシャツに半ズボンの瞬を、じろじろと見た。

「なんとも珍奇《ちんき》な風体ではないか。きさま、上水槽《じょうすいそう》に毒でも入れようとしとったのか？」

「まさか。ぼく、水をさがしてるんです。それから、いまって何年ですか？」

瞬がそう聞くと、男は目をぎょろりとさせた。

「あの、明治か大正か、それとも昭和か、それだけでも。」

「明治に決まっとるではないか。きさまは何者だ？　あやしいやつめ。こっちへ来い！」

男のたくましい手が、瞬の腕《うで》に伸《の》びる。

のけぞったとたん、瞬は閃光《せんこう》に目がくらんだ。

12　留華《るか》の主張《しゅちょう》

目を開けると、瞬は駐車場《ちゅうしゃじょう》の前に立っていた。

通学路にある、毎日見ている駐車場だ。横にはコンビニがある。

（もとの時代にもどった？）

ほっとするより、ショックのほうが大きかった。

（なんでぼくだけ？　美月《みつき》さんはどうなったんだ？）

ついさっきまで美月といたところは、明治時代にちがいなかった。警官《けいかん》のような男が、そういったのだから。

（まさか美月さんだけ、明治に残ってるわけじゃないよな？　雨も降《ふ》っていなかったのに、なんで雷《かみなり》が鳴るんだよ！）

雷。

瞬はようやく、あることに気づいた。

雷鳴《らいめい》はしなかった。閃光《せんこう》が走っただけ。

（待てよ。いつもそうだ。近くに雷が落ちると過去《かこ》へ行くけど、過去からもどるときは雷鳴はしない。まぶしい光がさすだけなんだ。)

過去《かこ》へ行くのは「飛ばされる」感覚で、もどるときは「引っぱられる」気がする。

ひたいをこすって考えていた瞬は、ばしんと肩《かた》をたたかれた。

「紺野《こんの》、なにやってんの!」

顔色を変えた留華《るか》がいた。学校帰りで、ランドセルを背負《せお》っている。

「見たわよ。いったい、どこからあらわれたの?」

留華は、むんずと瞬の胸《むな》ぐらをつかんだ。

「まさかタイムスリップして来たわけじゃないでしょうね。真人《まさと》と話してるの、聞いたんだから。美月《みつき》さんのこともいってたでしょう。なにを知ってるの? いわないと、ただじゃおかないから。」

「ちょ、ちょっと待ってよ。」

(ぼくはなんだって、過去でも現在《げんざい》でもやられてばっかりなんだろう。)

いいかげんうんざりして、瞬は身をふりほどいた。

「そっちこそ、なんで美月さんのこと知ってるのさ。」

「親戚《しんせき》だもの。」

「ええっ、うそだろ！」

「うそなもんですか。青山美月さんは、あたしのおばさん。お母さんのお姉さんなの。あたしが生まれたときにはいなかったから、会ったことはないけど。」

「じゃあ、美月さんの姪《めい》ってこと？　どっこも似《に》てないのに！」

瞬が魂《たましい》の叫《さけ》びをあげると、留華は猫《ねこ》のように目を細めた。

「なんで似てないってわかるの？　やっぱり、美月さんのことを知ってるんだ。」

「いや、あの、それは。」

「いいなさいよ。美月さんが行方不明になったのは、玉田《たまだ》真人のせいでしょう。」

「真人？」

瞬は面くらった。

「真人のせいって、どういうことさ。真人はなんの関係もないよ。」

「紺野は、あいつの正体がわかってない。」

（正体？）

「紺野は、玉田真人をいつから知ってるわけ？」

「いつって、小学校に入ったときから知ってるよ。一年から、ずっとおなじクラスだもの。」

「紺野《こんの》は洗脳《せんのう》されてる。」

「はあ？」

留華《るか》はじれったそうに、足を踏《ふ》みならした。

「紺野だけじゃない。みんな、だまされてる。でもあたしは、だまされない。あいつは転校生でもないのに、とつぜん六年二組にあらわれたの。」

「あのさ。まじで、わけわかんないんだけど。」

「『あんな子いたっけ。』って聞いても、みんな『一年のときからいる。』っていうのよね。先生たちもそう。そういう暗示《あんじ》をかけられてるの。」

留華の目が、ぎらりと光る。

「あたし、玉田《たまだ》は地球を侵略《しんりゃく》しにきた宇宙人《うちゅうじん》だと思う。美月《みつき》さんだけじゃなく、行方不明になるひとは大勢《おおぜい》いるでしょ。みんな、あいつらの星につれていかれたのよ。」

「ばかばかしい。おまえ、ほんっとに、頭がおかしいよ。」

タイムスリップだけでもたいへんなのに、宇宙人まで登場してほしくない。瞬《しゅん》は留華に背《せ》をむけ、とっとと歩きだした。

「あたしのいうこと、信じないのね。宇宙人にさらわれて、行方不明になっても知らないから！」

（真人《まさと》が宇宙人《うちゅうじん》？　いいかげんにしてくれよ。）

瞬《しゅん》は、かっかして家へむかった。

（そんなことより、大切なのは美月《みつき》さんだ。行方不明のままってことは、まだ明治時代にいるんだ。まさか、明治からもっとむかしにタイムスリップしたってことはないよな？　そうなったら、どうやって助ければいい？）

いつのまにか、瞬は自宅《じたく》のマンションに帰りついていた。

がちゃりとドアを開けて家に入ると、母親がへんな顔をした。

「瞬、ランドセルはどうしたの？」

母親にそういわれて、瞬は自分がなにも持っていないことに気づいた。

（ああ、そうか。ランドセルはまだ教室にあるんだ。トイレに入ってるときにタイムスリップしたから。）

「ランドセルなしで帰ってきたの？　ちょっと、大丈夫《だいじょうぶ》？　このごろ、ぼうっとしてない？」

母親は瞬の足もとを見た。はいているのはスニーカーではなく、上ばきだ。

「パパも心配してるのよ。幼稚園《ようちえん》のときに、落雷で頭を打った後遺症《こういしょう》じゃないかって。いちど病院へ行って検査《けんさ》してもらわないと。」

「ぼくは病気じゃない！」

「ごめん、やっぱりママのせいね。」

母親は、がっくりと肩《かた》を落とした。

「ママ、決心したわ。瞬が合格《ごうかく》するまでは、スイートペイン断《だ》ちする。ＣＤは聞かないし、ＤＶＤもレイジの写真集も見ない。」

「写真集買ったの？」

母親は恥《は》ずかしそうに、こくんとうなずいた。

瞬はからだの力がぬけた。気を使ってくれるのはありがたいが、なぜ母親というのは、ずれた心配をするのだろう。

「べつに、そんなことする必要ないよ。ちょっとぼく、ランドセルとってくるから。」

瞬はまた出ていこうとして、ふりむいた。

「あのさ、お母さんは真人のこと知ってるよね？」

「真人くん？　もちろん知ってるわよ。瞬の親友じゃない。」

母親の答えは、よどみなかった。

「だったらいいんだ。」

「ねえ瞬《しゅん》、なんだか、ほんとうにへんよ。」

心配する母親をおいて、瞬は家を出た。

考えなければならないことがありすぎて、どうにかなりそうだ。瞬は大きく息をついて、学校へ走りだした。

13　虎《とら》と水道

六月二十日、水曜日。

「はーい、静かにしてください。授業《じゅぎょう》をはじめまーす！」

六年二組の教室。久下《くげ》先生は、生徒たちが席につくのを待った。

「きょうは、東京都の歴史について学びましょう。はじめに質問《しつもん》です。みなさんが安心安全に暮《く》らしていくために、なくてはならないものはなんでしょう？」

「電気！　ゲームができない。」

「食べもの？」

「空気。」

「はーい、それは平和だと思います。」

久下先生はそれぞれの答えにうなずいていたが、「水」という意見が出ると、ようやく歯を見せた。

「そう。きれいな水は、生きていくために欠かせないものですね。都市には、みんなにいきわたるだけの、じゅうぶんな水が必要です。江戸《えど》に幕府《ばくふ》を開いた徳川家康《とくがわいえやす》も、家臣《かしん》の大久保藤五《おおくぼとうご》郎《ろう》に命じて、水道をつくらせました。小石川《こいしかわ》が水源《すいげん》で、ここ神田《かんだ》まで流れる小石川上水《じょうすい》です。」

久下《くげ》先生は黒板に江戸《えど》時代の地図を貼《は》り、江戸の人口が増《ふ》えていくにつれて、さらに神田上水と玉川《たまがわ》上水がつくられたことを説明した。

瞬《しゅん》は先生の話を聞きながら、ななめ前に座《すわ》っている真人《まさと》を見た。真人は前のめりになって、熱心に話を聞いている。

（真人のどこが、宇宙人《うちゅうじん》だっていうんだろう。六年生になって、とつぜんあらわれただって？留華《るか》はいったいどうして、そんなことをいうんだ？）

「江戸時代につくられた上水道には、いまのような鉄の水道管ではなく、木の樋《とい》がつかわれていました。木の樋が腐《くさ》ると、水質《すいしつ》が悪くなります。そのことは江戸時代にもわかっていたのですが、明治時代になっても、上水道の整備《せいび》はあとまわしにされました。」

久下先生はそこで言葉を切って、生徒を見わたした。

「ひとびとが水道の大切さに気づいたきっかけは、虎《とら》だったのです。」

「虎？」

クラスのみんなは、ぽかんとした。その反応《はんのう》に満足して、久下先生は黒板に大きく字を書いた。

虎列刺。

見覚えのある文字に、瞬《しゅん》はハッとした。

(虎。チラシだ。明治時代で見た、チラシに書いてあった。)

「これはなんと読むでしょう。」という先生の問いに、教室はざわめいた。

「えーっ、むり。読めない。」

「とられつさし?」

「コレシーとか。」

久下先生は「おしい!」といって、カタカナでルビをふった。

コレラ。

「うそ。なんで?」とふたたび教室がざわめく。

「コレラという病気の名前は、みなさんも聞いたことがあるでしょう。明治時代には、この虎列刺という漢字が使われていました。こわい伝染病《でんせんびょう》で、コレラ菌《きん》が体内に入ると、下痢《げり》と嘔《おう》吐《と》をくりかえして脱水症《だっすいしょうじょう》状になり、ほうっておけば二、三日で死んでしまいます。もともとはインドのガンジス川流域《りゅういき》の伝染病《でんせんびょう》でしたが、西洋との交流がさかんになるにつれて、コレラ菌は世界に広がりました。日本に最初に入って来たのは、江戸時代の一八二二年です。」

今度は年表が黒板に貼《は》られた。

「一八五八年と一八六二年にもコレラの流行があって、何万人もの人が亡《な》くなりました。明治に入っても正しい治療《ちりょう》法《ほう》や予防方法《よぼうほうほう》はわからず、コレラの流行はくりかえされたのです。中でもいちばん死者が多かったのが一八八六年、明治十九年でした。」

久下《くげ》先生は、ひたいにしわを寄《よ》せた。

「この年はコレラだけではなく、赤痢《せきり》や腸《ちょう》チフスも流行して、十四万人以上の人が亡くなりました。あまりにも病人が多いので、仮設《かせつ》された病院にも入れずに死んでいく人も大勢《おおぜい》いました。火葬場《かそうば》のだす煙《けむり》で、空が真っ黒に変わったそうです。」

煙で真っ黒になった空。

異様《いよう》な臭《にお》い。

水をほしがっていた、病気の少女。

(美月《みつき》さんとタイムスリップしたのは、コレラがはやっていた年なのかも。)

美月がコレラ患者《かんじゃ》かもしれない少女を抱《だ》いていたのを思いだして、瞬《しゅん》はぞっとした。

「先生!」

瞬はいきおいよく手をあげた。

「コレラ患者にさわったら、病気がうつるんですか?」

「コレラ菌《きん》は口から入るので、患者にさわっただけではうつりません。」と久下先生は答えた。

「でも患者の汚物《おぶつ》にふれた手で口にふれれば、うつります。手を清潔《せいけつ》にたもつためにも、きれいな水は欠かせないのです。」

瞬の質問に気をよくして、久下先生は「きれいな水に、清潔な環境《かんきょう》。」と声をあげた。

「伝染病の流行をふせぐには、このふたつが必要です。コレラが大流行したので、衛生《えいせい》に対するひとびとの意識《いしき》が高まって、ようやく上水道が改良されることになったのです。」

生徒たちの顔は、授業《じゅぎょう》がはじまったときよりも、ずいぶんひきしまっている。

「明治時代のコレラによる死者は、三十七万人以上です。」と久下先生がいうと、「えー!」という声があがった。

「すごい数でしょう。明治時代に日清戦争、日露《にちろ》戦争という外国との戦争があったことは、もう勉強しましたね。戦争でたくさんのひとが亡くなりましたが、コレラで亡くなったひとは、それよりも多かったのです。」

久下先生は、生徒ひとりひとりの顔をたしかめるように教室を見まわした。

「みなさんは、蛇口《じゃぐち》をまわせばきれいな水が出るのは、あたりまえだと思っているでしょう。

でも衛生的《えいせいてき》な水道も、それがないために死んでいったひとたちのおかげで、できたのです。そのことを忘《わす》れないでください。虎《とら》のせいで、安全な水道がつくられたことがわかりましたか?」

うなずく生徒は多かった。久下《くげ》先生も、満足げな顔をした。

「覚えておいてほしいのは、コレラがけっして過去《かこ》の病気ではないということです。いまでも毎年何万人ものひとが、コレラで亡《な》くなっています。」

「でも、いまじゃコレラを治すことができるんじゃないんですか?」という声があがる。

「もちろん治療法《ちりょうほう》はあります。でもね、紛争が起きて清潔《せいけつ》な水や環境《かんきょう》が行きとどかなくなれば、コレラはいまでも猛威《もうい》をふるう病気なんですよ。」

知らなかったね、こわいね、と真人《まさと》はとなりの子と言葉をかわしている。

瞬《しゅん》は、胸《むね》が痛《いた》んだ。

きょうは六月二十日。三十二年前に、美月《みつき》さんが行方不明になった日だ。

(美月さんは明治《めいじ》時代に行ったまま、コレラに感染《かんせん》して死んだわけじゃないよな?)

美月があれからどうなったのか、たしかめるすべはない。

瞬は、いてもたってもいられなかった。

虎列刺

14　過去《かこ》と未来の関係

雷《かみなり》が鳴れば、また過去へ行けるかもしれない。そして、美月《みつき》を助けられるかもしれない。あんなに嫌《きら》いだった雷を、瞬《しゅん》は一日千秋《いちじつせんしゅう》の思いで待った。一日千秋とは、一日がまるで千年のように感じられるという意味だ。

その思いとはうらはらに、梅雨《つゆ》は中休みに入った。太陽は校庭で遊ぶ生徒たちの影《かげ》をくっきりと描《えが》きだし、コンクリートのベンチをあたためた。瞬はうらめしい思いで、洗濯日和《せんたくびより》の青空を見上げた。

六月二十五日、月曜日の夜。

レイジのラジオ番組をぼんやり聞いていると、「シュンペイン」という言葉が耳に飛びこんできた。シュンペインというのは、瞬のラジオネームだ。

「シュンペインから変わった相談《そうだん》が来たんで、紹介《しょうかい》するね。『レイジさん、こんばんは。』こんばんは！『ぼくはいま十二歳《さい》ですが、このあいだ小学校の校庭に雷が落ちたとき、信じられない体験をしました。なんと、三十二年前の学校にタイムスリップしてしまったのです。』」

(ぼくがだしたメールをとりあげてくれたんだ！)

瞬はあわててボリュームを上げた。

メールは、六月十七日に送信したものだった。美月といっしょに、明治時代にタイムスリップする前日だ。

「『過去でMさんというすてきな女の子と会ったのですが、また雷が落ちると、ぼくは現在《げんざい》にもどっていました。そのあとわかったのですが、Mさんは三十二年前のその日に行方不明になっていたのです。Mさんもぼくとおなじで、タイムスリップの経験《けいけん》があると話していました。きっとMさんはまたタイムスリップして、そのまま帰れなくなっているのです。レイジさん、どうしたらMさんを助けることができるでしょうか？』」

レイジは「うーん。」とうめいた。

「シュンペインは小説でも書こうとしているのかな？　タイムスリップなんてありえない話だけど、オレはまじめに答えますよ。ＳＦ映画は大好きだしね！」

（さすがレイジ。）

瞬は、かたずをのんでレイジの言葉を待ちかまえた。

「雷のせいでタイムスリップが起きるとすれば、Mさんを助けるためには、シュンペインがもういちど三十二年前に行って、Mさんが落雷《らくらい》にあわないようにするのがいい。でも雷っていうのが、やっかいだな。タイムマシンなら操作《そうさ》できるし、シュンペインに超能力《ちょうのうりょく》があれば、好きな時代にさかのぼることができる。だけど雷《かみなり》は自然現象《しぜんげんしょう》だから、ぐうぜん近くに落ちるのを待つしかない。あ、落雷警報《らくらいけいほう》をたよりに、雷にあおうとしちゃダメだぞ。それは危《あぶ》ないから！」

レイジがくったくなく笑ったので、瞬《しゅん》はにくらしくなった。こっちは真剣《しんけん》なのだ。

「Mさんを助けたいっていう、シュンペインの気持ちはわかる。ただ過去《かこ》を変えると、未来にも影響《えいきょう》が出るんだよなあ。」

（影響？）

「Mさんが行方不明にならなければ、そのまま大人になって結婚《けっこん》するかもしれないよね。そうしたら、いまはいない子どもが生まれてくることになる。ひとりの運命が変われば、まわりのひとの運命も変わってしまうんだ。」

瞬は、あっと思った。

「シュンペインがMさんを助けてもどってきたら、そこは、いまとおなじ世界ではなくなっているんだよ。シュンペインは、そのことがわかっているのかな？」

それは瞬が、想像《そうぞう》もしていなかったことだった。

「事故《じこ》とか天災《てんさい》とか、できるなら過去《かこ》にタイムスリップして警告《けいこく》してあげたいことは、山ほどある。でも、ありとあらゆる不幸を帳消しにするのは無理だ。どんなにつらくても、起きてしまったことを変えることはできない。過去にも未来にもとらわれず、いまを生きることが大切だって、オレは思うな。」

（あきらめろっていうのか？　レイジ、それはないよ！）

「だけどシュンペインが経験《けいけん》したタイムスリップの原因《げんいん》って、ほんとうに雷なのかな。落雷にあってタイムスリップしたなんて話は、聞いたことがないよ。その雷は、ふつうの自然現象とはちがうんじゃないか？」

（そういえばタイムスリップから帰ってくるときは、ぴかっと光るだけで、雷鳴はしないけど……。）

「それじゃ、ぼくたちの曲を聞いてくれ。スイートペインで、『時という名の龍《りゅう》』。」

曲がはじまると、瞬は考えこんでしまった。

（美月《みつき》さんが助かればオッケーってわけにはいかないんだな。過去が変われば、未来にいろんな影響がでる。いまはいないひとが生まれたり、いま生きているひとが死んでしまうかもしれない。お父さんとお母さんが結婚しなければ、ぼくだって生まれてこないんだ。）

瞬《しゅん》は美月《みつき》さんを助けたとたんに、自分がシュッと消える場面を想像《そうぞう》した。

(でもぼくがいなければ、そもそも美月さんを助けにいけないんだし。ああっ。頭がこんがらがってきた。)

できやしないという　声におびえるな
きみが呼吸《こきゅう》するたび　龍《りゅう》は高らかに歌う
いま！　いま！　いま！

スイートペインの奏《かな》でる音楽に、瞬は力がわいてくるのを感じた。

(たとえ過去《かこ》を変えるのが危険《きけん》なことでも、ぼくはやっぱり、美月さんを助けたい。)

ジャンプしろ　光をつかむんだ
なにより大切なものが　あの魔法《まほう》が
きみの瞳《ひとみ》から消える前に

瞬はレイジの声に合わせて、そう口ずさんでいた。

15　神鳴り

六月二十六日、ようやく雨が降《ふ》った。

といっても雷《かみなり》が鳴るような、はげしい雨ではない。風はなく、しゃわしゃわという雨音だけが、眠気《ねむけ》をさそうように響《ひび》いている。

給食が終わると、給食当番の瞬《しゅん》は、給食室に食器かごを下げに行った。

ペアの相手は留華《るか》だった。瞬はそっぽをむき、留華と目を合わせなかった。

食器かごを置いて給食室を出た瞬は、留華にむんずと腕《うで》をつかまれた。

「はなせよ。真人《まさと》が宇宙人《うちゅうじん》のわけがないだろ。」

留華は、瞬の顔を穴《あな》が開くほど見つめている。

「紺野《こんの》って、スイートペインのファンなの？」

「え？」

「ゆうべのラジオで、レイジさんがメールを読んだでしょ。タイムスリップしたシュンペインって、紺野じゃない？」

「ラジオ聞いてたの？」

瞬は、びっくりして留華を見た。スイートペインは人気バンドだが、そこまで有名なわけではない。まさか留華が知っているとは、思いもしなかったのだ。

「あったりまえでしょ。あたしはレイジさんが大っ好きなの。紺野なんかに、ペインのよさがわかるわけないと思うけど。」

「大きなお世話だ、はなしてくれよ。」

はなすどころか、留華はぎりっと爪《つめ》を立ててきた。

「行方不明になったMさんって、美月《みつき》さんのことでしょ。タイムスリップして美月さんに会ったっていうのは、ほんとうなの？」

「ぼくがレイジに、うそつくわけないだろっ。」

「ちょっと、レイジさんを呼《よ》び捨《す》てにしないでよ！」

留華は、犯罪者《はんざいしゃ》でも見るような目つきになった。

「聞きなさいよ。あたし、雷の正体がわかったんだから。」

「正体？」

「タイムスリップの原因《げんいん》は雷じゃなくて、雷みたいな音と光が出るタイムマシンなのよ。それは宇宙人の機械で、玉田真人《たまだまさと》が動かしてるの！」

「だから、なんで真人《まさと》を巻《ま》きこむんだよ。」

「あいつが宇宙人《うちゅうじん》だからに決まってるでしょ！」

「ふたりとも、声が大きいよ。宇宙に住んでるって意味じゃ、留華《るか》と瞬《しゅん》だって宇宙人だと思うけど。」

瞬と留華は、もみあうのをやめた。いつのまにか、ふたりの前に真人が立っていたのだ。

留華は、真人に指をつきつけた。

「少なくとも、あたしたちは地球人ですからね。あんたはちがうって、白状《はくじょう》なさい。その長い首が、あやしいっていうのよ！」

「いいかげんにしろ！」と瞬はどなった。

ところが真人は、困《こま》ったように頭をかいている。

「いるんだよねえ。留華みたいに、暗示《あんじ》にかからない人間が。気づかれてるのは、わかってたんだけど。」

「真人、なにいってるんだ？」

「ごめんね、瞬。いろいろ事情《じじょう》があって。一年生からの友だちって思わせたんだ。」

「ほらね。やっぱり宇宙人だったのよ！」

勝ちほこったように、留華がいう。

「それはちがうよ。」と真人は、目をぱちぱちさせた。

「ぼくは宇宙人じゃない。龍神《りゅうじん》に仕えるもの。つまり、神の使いなんだ。」

（はあ？）

「神なんて、いるわけないでしょっ。」と留華がかみつく。

「きみたち人間は、おもしろいね。正月になると神社へ行ってあれこれお願いをするくせに、神なんて、いるわけがないという。ぼくは神の使いなんだから、拝《おが》んでもらってもいいんだけど。」

瞬は、とまどっていた。

（いったいどうして、真人はおかしなことをいうんだろう？　留華をからかっているのか？）

「神の使いだっていうんなら、証拠《しょうこ》を見せなさいよっ。」

「証拠ねえ。たとえば、こんな感じ？」

窓《まど》の前に立っていた真人は、軽く左手を上げた。

雨は相変わらず降《ふ》りしきっていた。けれど雨音が、ぴたりとやんだのだ。

（え？）

瞬《しゅん》は耳をうたがった。

いまのいままで、校舎《こうしゃ》は音に満ちていた。反響《はんきょう》するしゃべり声、だれかの歓声《かんせい》、歩きまわる足音。そのすべてが遠のいた。

それだけではない。とまどう瞬と留華《るか》の前で、真人《まさと》は大人の男性に変身したのだ。

瞬と留華は口をあんぐり開けたまま、声をうしなった。

(レイジ……。)

目の前に立っているのは、まちがいもなく、スイートペインのレイジだった。

黒づくめのかっこいい服で、ふたりを見下ろしている。映像《えいぞう》や写真でしか見たことがない、あこがれのひと。まじかで見るそのすがたは、神々《こうごう》しいとしかいいようがない。

「ぼくがレイジだってわけじゃないよ。きみたちがファンだから、ちょっとサービスもかねて。」

聞きまちがいようがない、レイジの声。

留華は息をのみ、むさぼるようにレイジを見ている。

「えっと、ぼくが神の使いだって信じてくれたかな。それじゃまず、雷《かみなり》について説明するね。」

真人は、のんびりした顔の小学生にもどって、ほほえんだ。

「やだっ、そんな顔にもどんないで!」

留華《るか》が悲鳴をあげる。
「そうだよ。せっかくなんだから、レイジのままでいてくれよ。こんなに近くで見られること
なんて、ないんだから。」
「でもそれだと、話の内容《ないよう》が頭に入らないよ。」と、真人《まさと》は肩《かた》をすくめた。
「現代《げんだい》の人間にとって、雷《かみなり》はただの気象現象《きしょうげんしょう》でしかない。雲と大地のあいだの放電現象。で
も、それだけじゃない。雷は、龍神《りゅうじん》が舞《ま》い飛ぶときに放つエネルギー波なんだ。雷じゃなくて、
神鳴りだね。」
(龍のエネルギー波?)
「その波動を受けて、ごくまれに、子どもが時空をこえて飛ばされることがある。瞬《しゅん》や、美月《みつき》
さんのようにね。ぼくらはそういう子を『ジャンパー』と呼《よ》んでいる。」
「どうして?」と瞬はなさけない顔をした。「どうしてぼくが、そんなことに。」
「よくいえば、感受性《かんじゅせい》が強いんだ。」
「あたしは信じないわよ。」と留華は顔をひきつらせた。「雷のせいでタイムスリップが起きる
にしたって、あんたはいったいなんの目的で、この学校にもぐりこんだのよ。」
「瞬がジャンパーになることは、わかっていた。ぼくの仕事はジャンパーが過去《かこ》を変えないう

ちに、もとの時間に転送することなんだ。さもないと時空が混乱《こんらん》してしまうから。タイムスリップから帰るとき、いつもぴかっと光がさすだろう。あれは転送のために、ぼくがつかっている光線なんだ。」

「じゃあ真人が、ぼくを過去からつれもどしてたっていうのかい？　そんなことができるなら、どうして美月さんをもとにもどさないんだ？」

「それはもちろん、その予定だったけど。」

真人は、いいにくそうに瞬を見た。

「瞬、きみが美月さんといっしょに明治時代に行ったせいで、それができなくなったんだ。」

16　時空のゆがみ

瞬《しゅん》は胸騒《むなさわ》ぎがした。

「それ、どういうこと？」

「美月《みつき》さんが最初に明治時代に行ったのは、一九八六年六月十三日。神鳴りの影響《えいきょう》で、一八八六年六月二十二日にジャンプした。」と真人《まさと》はいった。

「ごく短いタイムスリップで、明治から昭和への転送もスムーズだった。転送のタイミングは、月の位置によって毎回ちがうんだけど。」

転送のタイミングについては、アインシュタインなみの物理学者でも、理解《りかい》するのはむずかしい。というわけで、真人はくわしい説明をはぶいた。

「一週間後の六月二十日に、美月さんは明治時代へ二度目のタイムスリップをした。美月さんは病気の少女を見つけ、その子のために水をさがすとちゅうで、転送されるはずだった。だけど瞬、きみがいっしょに明治時代に行って、美月さんの代わりに、水をさがしに行ってしまったんだ。」

瞬は、がくぜんとした。

「ぼくのせいだっていうのか？　ぼくが水をさがしに行って、美月さんが病気の子のそばにいたから？」

　真人はうなずいた。

「瞬が水をさがしに行ったあと、美月さんはコレラ患者《かんじゃ》の少女を気づかって、きつく抱《だ》きしめていた。ジャンパーがだれかにふれていると、その人間もいっしょにジャンプしてしまうんだ。明治の少女を昭和につれて行ったら、時空がまた混乱《こんらん》してしまう。そのあいだに、転送の予定時刻《じこく》がすぎてしまった。」

「なんてこった！　ぼくは美月さんを助けようとしたのに！」

「それで美月さんはどうなったの？」

　留華の問いに、真人は目をふせた。

「明治から帰れず、コレラに感染《かんせん》して亡《な》くなった。おおぜいのひとがコレラで死んだからね。身元がたしかめられることもなかった。」

「そんな……。」

「ジャンパーどうしが鉢《はち》あわせするなんて、めったにないことなんだ。そのせいで、時空は本来のコースをはずれてしまった。それを修正《しゅうせい》するために、ぼくはこの学校に来たんだよ。」

「じゃあ、なんでだまってたんだよ。最初っから、いってくれたらよかったのに！」

「いきなり説明したって、瞬《しゅん》はぼくのことを信じなかったと思うよ。ちがう？」

「そりゃそうだけど。でも、なにか打つ手はあるんだろう？」

瞬がすがるように見ると、真人《まさと》はうなずいた。

「ほんとうは禁《きん》じ手だけどね。もともと人間は、未来を知ることを許《ゆる》されていない。タイムスリップで過去《かこ》へ行けても、未来には行けないんだ。これからぼくがいうことは、あくまで天気予報《よほう》だと思ってほしい。」

「もったいつけないで、早くいいなさいよ。」と留華《るか》がにらむ。

真人は、こほんと咳《せき》ばらいをした。

「明日六月二十七日、東京上空にスーパー積乱雲《せきらんうん》が発生する。午後四時十三分ごろ、校庭に雷《かみなり》が落ちるかもしれない。もしそうなら、瞬、きみはもう一回、明治時代にタイムスリップすることができる。」

「真人が、力を貸《か》してくれるんだね？」

「美月《みつき》さんが帰れなかったのは、ぼくのミスでもあるからね。もともと一八八六年には、時空のゆがみがあるんだ。」

「ゆがみ？」

「かすかな、ねじれみたいなものだね。美月《みつき》さんは、そこに引き寄《よ》せられた。そして美月さんがタイムスリップしてできたゆがみに引き寄せられて、瞬《しゅん》が昭和に行ってしまった。」

「じゃあ明治時代にタイムスリップしたら、美月さんに水をさがしに行かせて、ぼくが病気の子のそばに残ればいいんだ。そうすれば、美月さんはぶじにもどれるんだね？」

「そう。ぼくは美月さんを予定通り昭和に転送したあと、四時二十三分に、瞬をこの時代に転送する。瞬が明治時代にいられるのは、かっきり十分だ。影響《えいきょう》が出ないように、過去《かこ》の人間との接触《せっしょく》は、最低限《さいていげん》にとどめること。自分が未来から来たなんていってはだめだし、現代《げんだい》のものは残しちゃいけない。」

「わかった。」

「それはいいんだけど。」と、留華《るか》が口をはさんだ。「過去を変えると未来が変わっちゃうんでしょう？　そっちは、だいじょうぶなの？」

「ぼくたちが生まれてこない、なんてことはないよね？」

「心配しなくても、ふたりとも生まれてくる。なにも変わらないっていうわけには、いかないけどね。時空をこれ以上混乱《こんらん》させないために、瞬には守ってもらいたいことがある。」

「なんだい？」

瞬は、真剣《しんけん》な顔で真人《まさと》を見つめた。

「タイムスリップするときに、けっしてひとにふれないこと。そうしないと、いっしょに時をこえてしまうから。わかるだろう？　美月さんと同時に明治に行ったのも、美月さんの手を瞬がつかんだからだ。」

「やだ。なんでそんなことしたの？」

「あれは、美月さんがタイムスリップするのを止めようとして……。」

ガッシャーン！

するどい金属音が鳴り響《ひび》いて、瞬はぎょっとした。だれかの筆箱が、階段《かいだん》の上から落ちたらしい。鉛筆《えんぴつ》や消しゴムが床《ゆか》に散らばっている。

ふいに、雨音がもどった。

校舎《こうしゃ》はふたたび、生徒たちのざわめきで満たされた。

階段をかけ下りてきた壮太《そうた》が、散らばった筆箱の中身をけちらしている。階段の上から「やめて！」と女の子が叫《さけ》んでいた。

「壮太、いいかげんにしなさいよ！」

留華《るか》が声をあげると、壮太《そうた》がこちらに目をむけた。

瞬《しゅん》はさっと身がまえたが、壮太は鼻で笑って、むこうへ行ってしまった。女の子が泣きながら下りてきて、筆箱の中身をひろいだす。

「壮太って、ほんとに最低。」

「あれ、真人《まさと》は？」

ふたりは、真人がいないことに気づいた。

「あいつ、どこに行っちゃったの？」

瞬と留華は、あたりをさがしまわった。真人はどこにもいない。ふたりは急いで六年二組の教室に行ってみた。

「真人を見なかった？」

瞬に声をかけられたクラスメイトは、ぽかんとした。

「真人？　真人って？」

「玉田《たまだ》真人だよ。この席に座《すわ》ってただろ。」

「そこ、あたしの席よ。」

女子のひとりが、おかしな顔で瞬を見た。

「ちょっとみんな、玉田真人を覚えてないの？」

留華がそういっても、まわりの子は首をかしげるばかりだ。クラスのだれにきいても、真人を覚えている子はひとりもいなかった。

留華と瞬は顔を見あわせ、廊下《ろうか》に出た。

「みんなの記憶《きおく》を消したのね。玉田のことを覚えてるのは、あたしたちだけなのよ。」

「ほんとに、神の使いだったんだ。」

「うそつきの宇宙人かもしれないじゃない。レイジさんに化けるなんて、ずるくない？　紺野《こんの》はあいつがいってたこと、ぜんぶ信じるわけ？」

「そりゃ、信じられないような話だよ。ふつうならね。だけど実際《じっさい》に、ぼくはタイムスリップしてるんだし。」

「美月《みつき》さんを助けたら、なにが変わるかわからないんだよ。それって、こわくない？」

「そりゃあこわいさ。だからって、美月さんをコレラで死なせるわけにはいかないよ。そうだろ？」

留華はじっと瞬を見つめ、目をそらした。

「まだ、わかんないよね。明日の四時十三分に、ほんとうに雷《かみなり》が落ちるとはかぎらないし。」

「落ちるさ。ぼくは、真人《まさと》がいったことを信じる。ほかに道はないんだから。どうしたって、美月《みつき》さんを助けなけりゃ。」

瞬《しゅん》はきっぱりと、そういった。

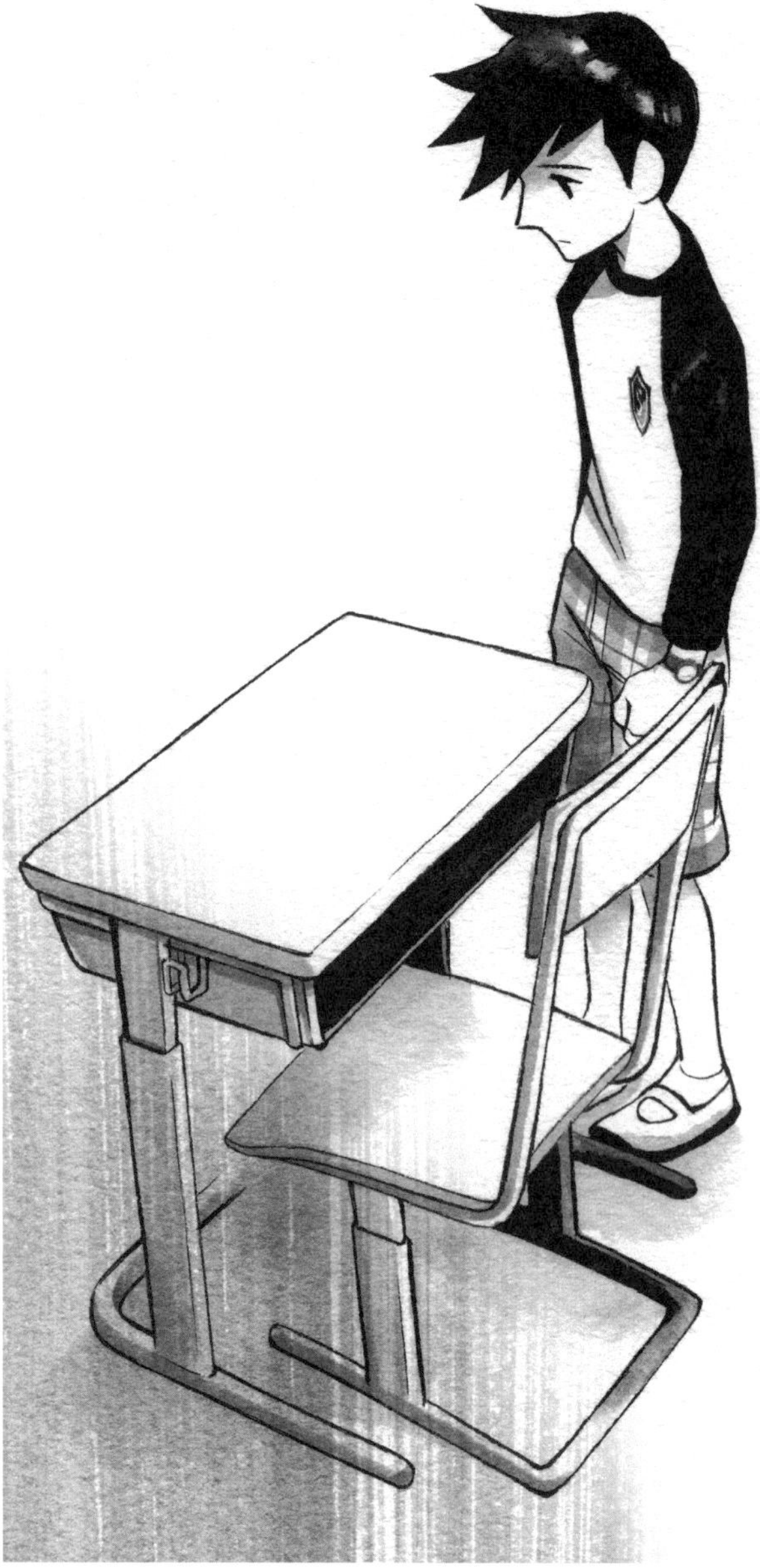

17　あらし

六月二十七日の朝。

瞬は、ゴオゴオと鳴る風と、はげしい雨音で目を覚ました。

「ひどいお天気ねえ。」と、母親は肩《かた》をすくめた。「雷《かみなり》注意報《ちゅういほう》も出てるのよ。なんだか最近、やたらと雷が多くない？　やっぱり温暖化《おんだんか》のせいかしら。」

父親は返事をしなかった。もともと無口なのだが、瞬が美月《みつき》の話をしてからというもの、貝のように口を閉《と》ざしている。

学校に行くと、留華《るか》が緊張《きんちょう》した顔をむけてきた。

瞬は留華に話しかけず、窓《まど》の外に目をむけた。強風が校庭の木々を荒々《あらあら》しくゆさぶるたびに、生徒たちはひゃあっと声をあげ、くすくすと笑った。あらしというのは、子どもにとっては心のうきたつものなのだ。

瞬はひたすらに、放課後が来るのを待った。時計の針《はり》は進むのをためらうように、一秒ごとにふるえている。

(長いなあ。まるで拷問《ごうもん》だ。)

ようやく三時半が来て、すべての授業《じゅぎょう》が終わった。歓声《かんせい》をあげて教室を飛びだす生徒たちに、久下《くげ》先生はひっしに集団下校を呼《よ》びかけている。

まずは落ちつこうと、瞬《しゅん》は図書館に行った。雷《かみなり》が落ちるという四時十三分には、まだ時間がある。けれどけっきょく我慢《がまん》しきれず、足は玄関口《げんかんぐち》にむいていた。最初に、美月《みつき》と出会った場所。

外は亜熱帯《あねったい》のスコールのような雨が降《ふ》っていた。生徒たちがわれ先に帰ったせいで、玄関口はしんとしている。

校庭に目をむけている少女のうしろすがたに、瞬は足を止めた。

ふりむいたのは、留華《るか》だった。

「なんでいるの？」

「いちゃ悪い？　ひとがタイムスリップするところなんて、見のがせないでしょ。」

留華は、ぷいと顔をそむけた。

「紺野《こんの》はなんで、そんなに一生懸命《いっしょうけんめい》になってんの？　親戚《しんせき》でもないし、美月《みつき》さんのことなんて、よく知らないでしょ。」

「だって行方不明になったのは、ぼくのせいなんだし。それにうちのお父さんは、美月さんの同級生だったんだ。」

「へえ。」

「たしかにぼくは、美月さんのことはよく知らない。でも、心のやさしいひとだと思う。見ず知らずの病気の子を、抱《だ》きしめてたんだから。」

「美月さんって、けがしてる動物とか、ほっとけないたちだったんだって。お母さんがそういってた。きれいでやさしくて、みんなに好かれてたって。おじいちゃんはもう死んじゃったけど、最後まで美月に会いたいっていってた。おばあちゃんも美月さんの写真を見て泣くばっかりで、妹だったうちのお母さんのことなんて、ほうりっぱなしだったんだって。」

(美月さんが行方不明になったことで、留華の家族も苦しんだんだ。)

「ごめん、ぼくのせいで……。」

「べつに責《せ》めてるんじゃないよ。美月さんが行方不明になったのも、紺野のせいじゃない。うちのお母さん、美月さんからタイムスリップしたって話を聞いてたんだって。」

「ほんとに?」

「そのときは信じなかったし、あとで大人に話しても、相手にしてもらえなかったらしいけど。ちゃんと美月さんの話を聞いてればよかったって、いまだにトラウマなんだよね。」

「うちのお父さんもだよ。いっしょにいてくれっていわれたのに、そうしなかったんだ。」

瞬《しゅん》と留華《るか》は、おなじことを考えていた。自分たちの親が美月《みつき》の話を信じて行動していたら、美月の運命は変わっていたかもしれないのだ。

遠雷《えんらい》が鳴り、ふたりはびくっとした。

「いまのじゃないよね。」と留華。

「うん、まだ四時前だし。あのさ、ひとつ聞いていい？」

「なに？」

「ぼくは一年のときから真人《まさと》を知っていて、ずっと親友だと思ってたんだ。もし真人が前からいなかったんなら、ぼくはだれと友だちだったんだろう？　もしかして、友だちがいなかったのかな。」

留華は、つま先に目を落とした。

「友だちがいないっていうか、紺野《こんの》とつるまないほうが安全だって思われてたよね。壮太《そうた》が、よく紺野にちょっかいだしてたから。」

「そうなの？」

「紺野って、いっつもおどおどしているんだもん。あれじゃ、いじめてくれっていってるようなもんだよ。真人があらわれるまで、あんまり笑わなかったし。だから玉田真人《たまだ》があやしいって、なかなかいえなかったんだ。頭がいいのに、なにをそんなにびくついてるわけ？」

「ぼく、頭なんかよくないよ。」

「ほら、そういうのがだめなんだってば。」

「だってほんとうだもの。すっごく頭がいいとか、とくべつ才能《さいのう》があるとか、そういうんじゃないんだ。だから一生懸命《いっしょうけんめい》勉強するしかないって、お父さんが……。」

「お父さんが、そんなことというの？　それって、ひどくない？」

留華は、きゅっと眉《まゆ》をひそめた。

「レイジさんがいってるじゃない。才能なんて、自分であると思ったもん勝ちだって。」

「でも、ぼくとレイジはちがう。」

「そりゃそうだけど、ペインのファンなら、もっとしゃきっとしなさいよ。で、どの曲が好きなの？　あたしは『ここにいないきみへ』。」

「え、ぼくもだ。」

そこからはスイートペインの話になった。ファンになったきっかけはなにか、どんなところが好きか。ふたりとも、おなじクラスにスイートペインのファンがいるとは思っていなかったのだ。

夢中《むちゅう》でしゃべりながら、ふたりは、ほんとうに気になる話題はさけていた。

美月《みつき》が行方不明でなくなったとき、いったいなにが起きるのか。自分たちの生活に、どんな影響《えいきょう》が出るのだろう。

「そろそろだね。」

四時になると、瞬《しゅん》は留華《るか》からはなれて、玄関口《げんかんぐち》の戸口に立った。

「あのさ、これ。」

留華がさしだしたのは、腕《うで》にはめる虹色《にじいろ》のラバーバンドだった。スイートペインのロゴが入っている。

「『時という名の龍《りゅう》』の初回限定盤《げんていばん》についてたラバーバンド。お守りがわりに、貸《か》してあげる。」

「ありがとう。」といって、瞬はラバーバンドを手首に通した。

「なんか、偶然《ぐうぜん》だよね。紺野《こんの》はジャンパーなわけでしょ。『時という名の龍』の歌詞《かし》にも『ジャンプしろ』ってところがあるし。」

「うん。ジャンプしろ、光をつかむんだ。」

あの歌詞に、瞬は背中《せなか》を押《お》されたのだ。

「気をつけて、なんていわないよ。気をつけてたって、どうにもならないことはあるんだもん。でも、紺野がぶじに帰ってこられるように祈《いの》ってる。」

瞬は留華にうなずき、美月の顔を思いうかべた。

（いま、助けに行くから。）

目を閉《と》じて落雷《らくらい》を待ち受けていると、がたっと音がした。

瞬と留華は、ぎょっとしてふりむいた。下駄箱《げたばこ》のうしろからあらわれたのは、壮太《そうた》だ。

「四時十三分に雷《かみなり》が落ちるってのは、まじかよ。おまえらきのう、こそこそいってたろ。いちゃいちゃしやがって、見てらんねえな。」

壮太は、ゆがんだ笑みをうかべた。

「このあいだ教室から消えたときも、雷が鳴ってたよな。いったいどんな秘密《ひみつ》があるんだ？きょうこそは、つきとめてやるからな。」

「壮太、やめてくれ。」と瞬はあえいだ。留華が、瞬をかばうように前に出る。

「壮太はひっこんでてよ。邪魔《じゃま》したら承知《しょうち》しないから！」

「だから、なんの邪魔《じゃま》をするってんだよ。」

壮太《そうた》は留華《るか》を押《お》しのけ、瞬《しゅん》の肩《かた》をつかんだ。

「はなしてくれっ」

瞬は身をよじった。

「紺野からはなれて！」

留華が壮太の背中《せなか》にしがみついて、ふたりを引きはなそうとする。

鼓膜《こまく》がやぶれそうな大音響《だいおんきょう》とともに、雷《かみなり》が落ちた。

18　混《こん》乱《らん》

（くさい。あの臭《にお》いだ。）

瞬《しゅん》はむせながら、目を開けた。

留華《るか》がとなりにいるのを見て、瞬はぎょっとした。おまけに、壮太《そうた》までいるではないか。

（うわっ、どうしよう！　三人いっしょにタイムスリップしちゃったんだ！　よりによって、壮太がついてくるなんて！）

黒煙《こくえん》が空をおおう大地に、三人は立っていた。

「なに？　なにが起きたの？」

留華は、顔を引きつらせている。

「真人《まさと》がいってたろ。タイムスリップのときにジャンパーにさわると、いっしょに時をこえるって。」

「じゃあここ、明治時代なの？」

「そうじゃないと困《こま》る。うしろにあるのが、福富小《ふくとみ》だよ。」

留華は木造校舎《もくぞうこうしゃ》を見て、ぼうぜんとしている。

「なんなんだよ、これはっ！」

つっ立っていた壮太が、とつぜん叫《さけ》んだ。

「なにがどうなってんだ。ここはどこだ。オレになにをしやがった！」

壮太は瞬の胸《むな》ぐらをつかみ、らんぼうにゆさぶった。

「ここは明治時代だよ。ぼくは雷《かみなり》が鳴ると、過去《かこ》にタイムスリップしてしまうんだ。このあいだ教室から消えたときも、雷が鳴ってたろ？」

「うそつけっ。」

壮太は血走った目で瞬を突《つ》き飛ばし、福富小の校舎《こうしゃ》にかけよった。閉《と》ざされた戸をゆすり、開かないとみると、体当たりをはじめた。完全にパニックになっている。

「壮太なんかほっといて、美月《みつき》さんをさがそう。」と留華がいった。

「そうはいかないよ。はなればなれになっちゃまずい。そうじゃないと転送されるときに、壮太がとり残される。」

「ああっ、もう、最悪！」

留華は鼻の穴《あな》をふくらませて、壮太にどなった。

「壮太！　あばれてないで、こっちに来て！　十分後には、もとの時代に帰れるの。いっしょ

福富尋常小学校

にいないと、ここに残ることになるのよ。そうなってもいいわけ？」

「うるせえ！」

壮太《そうた》は耳を貸《か》そうともせず、小学校の戸をけりつけている。

瞬《しゅん》は腕《うで》時計を見た。

「あと八分。美月《みつき》さんがいるのは、たき火のむこう側だ。」

うなずいた留華《るか》は、壮太にいった。

「勝手にあばれてればいいわ。じゃあね、バイバイ！」

留華は瞬を引っ張《ぱ》って、かけだした。

「だから、まずいって。」

「だいじょうぶ。ぜったいついてくるから。壮太って、ほんとは弱虫だもん。弱いと思われたくないから、暴力《ぼうりょく》をふるうんだよ。」

留華のいうとおりだった。瞬がふりむくと、壮太がふてくされながら追ってくるのが見えた。

（かんじんなのは、美月《みつき》さんだ。美月さんがいなければ、意味がないんだから。）

祈《いの》るようにたき火のむこう側にかけこむと、美月がいた。絣《かすり》の着物を着た少女を抱《だ》きかかえ、とほうにくれている。

「美月《みつき》さん！」

ほっとして、瞬《しゅん》は声をあげた。

「紺野《こんの》くん？　お水は？」

「いや、あの、水をさがしてたら、友だちに会って。」

瞬はしどろもどろになった。

美月は留華《るか》と壮太《そうた》を見て、びっくりしている。

「お友だちも、タイムスリップして来たの？」

「ええっと、そうなんだ。あの、この子のことはぼくらが見てるから、美月さんは水をさがしに行ってくれない？」

「わたしが？　紺野くんたちが手分けしてさがしたほうが、よくない？。」

「いや、あの、くわしく説明している時間はないんだけど、美月さんが行かないとだめなんだ。そうしないと、美月さんが帰れなくなる。」

「どうして？」

瞬はあせった。

「ほんとうは美月さんが水をさがしに行って、もとの時代に帰るはずだったんだよ。だけどぼくがいっしょにタイムスリップしたせいで、予定がくるったんだ。」

美月は事情《じじょう》がのみこめず、とまどった顔をしている。

「とにかく、紺野は美月さんを助けに来たの！　だからいうとおりにして！」

留華も必死でいう。

「急いで。」

瞬も、せっぱつまった声をだした。

「でも、お水は？」

くちびるのひび割《わ》れた少女を見下ろし、美月は泣きそうになっている。

「水は、ぼくが持ってるから。美月さん、もう行って！」

悲鳴のような声で瞬がいうと、美月はようやく立ち上がった。

ほっとしたのも、つかの間。水をさがしに行こうとする美月の腕《うで》を、壮太《そうた》がらんぼうにつかんだ。

「待てよ。ぬけがけしようったって、そうはいかないぜ。」

壮太は目をぎらつかせ、瞬たちをにらんだ。

「さっきは、いっしょにいないともどれないって、いってたじゃねえか。」

「壮太《そうた》、美月《みつき》さんから手をはなせ！」
瞬《しゅん》は、ざっと血の気が引くのを感じた。
「だまれっ、オレがもどるのが先だ！　だれもここから動くんじゃないぞ！」

19　タイムリミット

瞬の頭は、めまぐるしく回転した。

（留華《るか》とふたりがかりなら、壮太を抑《おさ》えられる？　でも、もみあってる時間はない。）

「壮太、コレラがうつるぞ！」と瞬は叫《さけ》んだ。

「なんだと？」

「この病気の子は、コレラなんだ。さわってたそのひとにも、コレラ菌《きん》がついてる。」

壮太はぎょっとして、美月から手をはなした。

「コレラ？」

美月も驚《おどろ》いて、瞬を見た。

「帰ったら手をよく洗《あら》って、病院へ行くんだ。ぼくたちは、あとから自分の時代に帰るから心配しないで。」

瞬は必死の思いで、美月を見つめた。

「ぼくを信じて、早く行って。」

「……わかった。紺野《こんの》くんたちも、ぶじに帰ってね。」

瞬《しゅん》と留華《るか》はうなずいた。

美月《みつき》は校舎《こうしゃ》のほうへかけだした。

(真人《まさと》、たのんだぞ。)

ぐんぐんと遠ざかっていく美月のうしろすがたを、瞬は目に焼きつけた。

美月が校舎の前にたどり着いたところで、空からひとすじの強い光がさし、美月を照らした。

次の瞬間、美月のすがたは消えていた。

(転送されたんだ!)

瞬と留華はほっとして顔を見あわせたが、壮太《そうた》は引きつっている。

「消えちまった! なんだよ、あの光。いったい、どうなってんだ?」

「あたしたちの転送まで、あと何分?」と留華が瞬に聞いた。

「あと五分。」

「転送って、なんの話だよっ。」と壮太がつばを飛ばす。

「もとの場所に帰ることだよ。ぶじに帰りたければ、だまってろ!」

(壮太なんかに、かまってるひまはない。)

瞬の語気にのまれた壮太は、口をへの字にしている。瞬はズボンのポケットから、用意してきたエナジードリンクのパックをとりだした。

「お水だよ。ゆっくり、吸《す》って。」

瞬はひざまづいて少女を抱《だ》きかかえ、ちいさな口にパックをあてがった。壮太は気味悪げに、うしろに下がる
少女がわずかに口を開け、苦しそうにむせた。

留華はしゃがみこんで、少女の背中《せなか》をささえた。ようやくゼリー状《じょう》の液体《えきたい》が口に入り、少女は指をぴくりと動かした。

「いいわよ、その調子。」

ぐったりしている少女を見て、瞬は胸《むね》が痛《いた》んだ。

「この子、いっしょにつれて帰れないかな。現代《げんだい》の医学だったら、きっと助けられる。家族もみんな、死んでるかもしれないし。」

「そりゃ、あたしだってそうしたいけど。でもそうしたら、また歴史が変わっちゃうんじゃない？」

留華が、引きつった顔で答える。

のどをうるおした少女が、かすかにくちびるを動かした。ありがとう、というように。

少女のからだから力がぬけていくのを感じて、瞬《しゅん》はおののいた。

「しっかりして。死んじゃだめだ！」

すると、大人の男の声がした。

「その子も患者《かんじゃ》か？」

白い服を着て、手袋《てぶくろ》をはめた男が近づいてきた。男はぐったりした少女をのぞきこむと、すばやく抱《だ》き上げた。

「お願いします。この子を助けてください。」

「きみたちも、うがいをして、手をよく洗《あら》いなさい。」

そういって、男は足早に少女を運んでいった。

瞬と留華《るか》は祈《いの》るような思いで、ふたりを見送った。

「おまえらっ、なにやってんだよ！」

しびれをきらした壮太《そうた》が、わめいた。

「転送がどうたらいってたじゃないか。そっちはどうなってんだよ。さっさと、こんなところからずらかろうぜ！」

瞬と留華は、はっとして、現実《げんじつ》に引きもどされた。転送の時間は、まじかに迫《せま》っている。

「壮太《そうた》、こっちへこい。」

「ふざけんな、オレに命令する気かっ。」

「もとのところへ帰るには、ぼくにふれてないとだめなんだ。」

瞬《しゅん》は留華《るか》の手をにぎり、壮太に左手をさしだした。

「冗談《じょうだん》だろ。おまえら、あのガキにさわったじゃねえか。あいつ、コレラなんだろ。オレまでコレラをうつす気かよ！」

怒《いか》りを覚えた瞬の胸《むね》が、ざわりとゆれた。

このまま手をふれなければ、壮太はここにとり残される。

（でもなんで、そうしちゃいけないんだ？　この先もぼくだけじゃなくて、何人もの子が壮太にいじめられるだろう。明治時代にとり残されたって、自業自得《じごうじとく》じゃないか。）

瞬の表情《ひょうじょう》が変わったのに、留華が気づいた。

「紺野、なに考えてんの？」

おびえたように、留華がつぶやく。瞬の考えがわかったのだ。

チク、タク。

時がきざまれていく。

（そうだ、かまうもんか。思い知ればいい。）

「紺野、だめだよ。そんなことをしたら、レイジさんがなんていうと思う？」

留華の叫《さけ》びに、瞬ははっとして、腕《うで》のラバーバンドを見た。

もう時間はない。

瞬はとっさに、壮太に体当たりしていた。

20　変化

ザーザーいう雨音と、水の匂《にお》いがした。

瞬《しゅん》と留華《るか》は、いつもの玄関口《げんかんぐち》に立っていた。足もとには壮太《そうた》が倒《たお》れている。

明治時代にいたのは、たかが十分。けれどふたりは、長い長い旅から故郷《ふるさと》へ帰りついた気がした。

「よかった、もどってこれて。どうなるかと思った。」

「うん。きっと美月《みつき》さんも、ぶじに帰ったよね。」

ふたりは、すぐに下駄箱《げたばこ》をたしかめた。

「ぼくの靴《くつ》はある。そっちは？」

「あたしのレインブーツもだいじょうぶ。場所もそのままだし。」

「傘《かさ》もちゃんとあるね。」

ふたりは慎重《しんちょう》に校内を見わたした。過去《かこ》を変えたせいで、どんな影響《えいきょう》が出たのか不安なのだ。

うめき声をあげ、目をしばたいた壮太を、瞬はのぞきこんだ。

「またタイムスリップしたくなけりゃ、二度とぼくたちに近づくなよ。いいな？」

壮太はなにも答えなかった。まだ、ショックからぬけだせないようだ。

瞬と留華は壮太を残して、洗面所《せんめんじょ》に行った。せっけんをつかって念入りに手を洗《あら》い、口をゆすぐ。

「これ、ありがとう。」

瞬はスイートペインのラバーバンドをはずし、留華に返した。

「たいして役に立たなかったね。」

「そんなことないよ。」

ふたりが玄関口にもどってくると、壮太はもういなかった。

「あたしたちの家、ちゃんとあるよね。」

留華がぽつりといった。

「それをたしかめなきゃ。」

ざわめく心をかかえて、ふたりは福富《ふくとみ》小をあとにした。

雨にけぶる通学路の景色をたしかめながら、瞬は道を急いだ。いつもとなにも変わっていないか、考えだすと自信がなくなってくる。四つ角まで来たとき、瞬ははっきりしたちがいに気づいた。

けさまで駐車場《ちゅうしゃじょう》があったところに、まあたらしいホテルが建っている。

瞬《しゅん》はぴたりと足を止めた。

ホテルの玄関横《げんかんよこ》には、二枚《まい》のポスターが貼《は》ってあった。

「ＴＯＫＹＯ　２０２０」と書かれたポスターで、それぞれべつの、青い市松模様《いちまつもよう》を使ったシンボルがついている。

はじめて見るポスターだ。はっとしてあたりを見まわすと、日数を入れかえられる掲示板《けいじばん》が目に入った。

「東京オリンピック・パラリンピックまで、あと891日。」

（東京オリンピックだって？）

瞬は目をうたがった。タイムスリップする前は、つぎのオリンピックはマドリードで行われることになっていたのだ！

（過去《かこ》を変えたせいで、東京でオリンピックをすることになったんだ！）

瞬はぞっとして、かけだした。心臓《しんぞう》がばくばくしている。

自分の家は、いったいどうなっているのだろう？

TOKYO2020

自宅《じたく》があるマンションは、場所も外観もそのままだった。七〇七号室の郵便《ゆうびん》受けにも、ちゃんと「紺野《こんの》」の名札が入っている。

瞬《しゅん》はボタンをせわしなく押《お》して、ようやく来たエレベーターに飛び乗った。

七〇七号室の鍵《かぎ》を開け、長靴《ながぐつ》を脱《ぬ》ぎ捨《す》てて、中に飛びこむ。

「お母さん！」

台所にいた母親を見た瞬は、泣きそうになった。

そこにいるのは、いつもの母親だった。少しふっくらしていたが、目じりのしわも、若作《わかづく》りのかっこうもおんなじだ。

（よかった、お母さんだ！）

瞬に抱《だ》きつかれた母親は、目を白黒させた。

「なあに、どうしたの？　なにかあったの？」

「なんでもない！」

家具やインテリアもおなじだった。ソファをなでまわし、クッションを抱きしめている瞬に、母親はとまどっている。

（そうだ。美月《みつき》さん！）

瞬は父親の書斎《しょさい》に飛びこんだ。書斎はいつものように、すっきりと片《かた》づいていた。父親が使っている整髪料《せいはつりょう》の匂《にお》いが、かすかにする。

棚《たな》から福富《ふくとみ》小の卒業アルバムを引っ張《ぱ》りだすと、瞬は急いでページをめくった。

六年二組の個人写真の中に、愛らしくほほえむ美月がいた。瞬は長いため息をついて、その場に座《すわ》りこんだ。

（うまくいったんだ……。）

小学校時代の父親の写真も変わっていた。きまじめな顔つきだが、前の写真にあったような陰《かげ》がない。

「瞬、なにしてるの？」

母親が書斎に入って来て、瞬が手にした卒業アルバムをのぞきこむ。

「こうして見ると、瞬はやっぱりパパ似《に》だわね。」

「どこが？」

「ほら。そのうたぐりぶかい目つきが、そっくり。瞬は、だれがパパの初恋《はつこい》のひとかわかる？っていうか、瞬ならだれがタイプ？」

瞬が美月の写真を指さすと、母親は笑った。

「やっぱり親子ね。まあ、その子がいちばん美人さんだけど。」

「このひとが、いまどうしているか知ってる?」

「さあ、わたしは学校がちがうから。パパだって知らないいんじゃない? 男子校に進学して、はなればなれになったんだから。」

そこで電話が鳴った。瞬《しゅん》は、急いで受話器をとった。

「もしもし?」

「紺野《こんの》……。」

留華《るか》が泣いているので、瞬はどきりとした。

「もしもし、どうしたんだ?」

「美月《みつき》さん……死んでた。」

「なにいってるんだ。そんなはずないよ。いま、福富《ふくとみ》小の卒業アルバムを見たんだから。美月さんは、ちゃんとのってた。」

「でも中学に入る前、春休みに、交通事故《じこ》にあったんだって。」

「そんな、うそだろう? なにかのまちがいだよ。」

瞬はとても信じられなかった。

美月が死んだ？　まさか！

「それに、レイジさんがいないの！」

「ええっ？」

留華は、悲痛《ひつう》な叫《さけ》びをあげた。

「レイジさんも、スイートペインも、いなくなちゃったの！　あたしもう、たえられない。」

がちゃりと、電話が切れた。

瞬は、あわてて自分の部屋に行った。

部屋は、前よりずいぶんせまくなっていた。スイートペインのポスターはなく、壁《かべ》にあったのはカワウソの写真だった。

棚《たな》にも、スイートペインのCDは一枚もない。部屋中さがしまわっても、スイートペインに関するものは、なにひとつ見つからなかった。

（うそだろ。ほんとに、スイートペインってバンドがなくなっちゃったのか？）

瞬は部屋を飛びだし、大声で母親を呼《よ》んだ。

「お母さん、お母さんはスイートペインを知ってるよね？」

「スイートペイン？　なにそれ？」

母親は、きょとんとしている。

「お兄ちゃん、どうしたの?」

ポニーテイルの女の子が、瞬《しゅん》のとなりの部屋から顔をだした。

瞬はぎょっとして、自分より年下の女の子を見つめた。その顔は、母親にそっくりだ。

(もしかして、妹?)

21 別れ

六月三十日は、土砂降《どしゃぶ》りの雨だった。

深夜になっても、雨は降《ふ》り続いている。前よりせまくなった部屋のベッドで、瞬《しゅん》は丸くなっていた。

せっかく助けたと思った美月《みつき》が、そのあと一年も生きてはいなかった。

瞬はそのことが、どうしても納得《なっとく》できなかった。だとしたら、自分はいったいどうして、わざわざ明治時代にタイムスリップしたのだろう。

おまけに瞬が変えてしまった世界には、スイートペインがいなかった。

瞬はあらためて、音楽の力というものを思い知った。これまではつらいことがあるたびに、スイートペインの曲を聞いて力をもらってきたのだ。

今度のことは、だれにも相談《そうだん》することができない。ひとりっきりで、音楽もなしに、どうやってこのショックにたえられるだろう。

留華《るか》も、あれっきり口をきいてくれない。レイジがいなくなったことで、瞬をうらんでいるのだ。

ただひとつの救いは、妹の奏《かなで》だった。

過去《かこ》を変えなければ、生まれてこなかった妹。

とはいえ、はじめて会った妹に、すぐになじむことはできなかった。奏も、ぎくしゃくした瞬《しゅん》の態度《たいど》に、とまどっているようだ。

(真人《まさと》、どうしてぼくにタイムスリップをさせたんだ？　美月《みつき》さんが中学生になれずに死ぬってことを、知っていたのか？　そんなのひどいや。あんまりじゃないか！)

ゴロゴロゴロ……。

遠くで、雷《かみなり》が鳴った。ぎょっとして、瞬はからだを起こした。

いつのまにかカーテンが開いていて、部屋はうっすらと明るかった。

瞬は目をこすった。

窓辺《まどべ》に、真人が腰《こし》をかけている。

「真人！」

「やあ、瞬。こんな時間にごめんね。」

瞬はあわてて、ベッドから飛びだした。

「真人、どうして美月さんを殺したんだ？」

「ぼくが殺したんじゃない。人間はみな、神さまに与えられた時間がある。そのことは、だれにも変えられないんだ。」

おだやかに、真人はいった。

動かしがたい、真実を告げる声。

「時間というのは、かけがえのない贈《おく》りものなんだよ。そのことに気づいていない人間は多いけれど。」

「ぼくは美月さんが行方不明にならなくてすめば、大人になって、幸せになれるもんだと思ってたんだ。だからこそタイムスリップして、過去《かこ》を変えたのに！」

瞬がつめ寄《よ》っても、真人は表情《ひょうじょう》を変えなかった。

「だけどね、瞬。三日前まで瞬がいた世界は、美月さんが行方不明になったせいで、流れが変わってしまった世界だったんだよ。瞬が世界を変えたんじゃない。世界が、さだめられたものにもどったんだ。」

「でも。」

「美月さんが生きのびて、奏ちゃんが生まれてこないほうがよかった？」

「そうじゃない。そうじゃないけど。」

いいようのない悲しみで、胸《むね》が痛《いた》い。

「わからないよ。ぼくはいったい、どうすればいいんだ？　ぼくがやったことは、ぜんぶむだじゃないか！」

「人間にはわからなくても、この世にむだなことは、なにひとつない。」

真人《まさと》はそっと、瞬《しゅん》の肩《かた》に手を置いた。

「瞬は、忘《わす》れてしまったんだね。」

「なにを？」

「十二歳《さい》の子どもは、自分がたくさんのことを忘れているのに気づかない。幼稚園《ようちえん》のときにも、瞬はぼくと会ったのに。」

「うそだろ。そんなはずはないよ。」

「雷《かみなり》が落ちる前、森の中で。」

真人は、歌うようにいった。

「七つぐらいまでの子どもは、ほかの人間には見えないものが見える。瞬は樹《き》の上にいたぼくを見て、声をかけてきた。ぼくが神の使いだというと、瞬は願いをかなえてほしいといった。

『ぼくは弱虫だから、強くなれるように助けてほしい。』ってね。ねえ瞬、ほんとうに忘れてしまったの？」

瞬《しゅん》は、ざわざわと木々がゆれる音を聞いたと思った。

降《ふ》りしきる雨と、森の匂《にお》い。暗い紫《むらさき》の空を、つぎつぎに横切る雷《かみなり》。

とつぜん、瞬は思いだした。

雷光《らいこう》が、空を舞《ま》う巨大《きょだい》な龍《りゅう》を浮《う》かび上がらせていた。おびえる瞬に、真人《まさと》は「きっと助けに行くよ。」とささやいたのだ。

「さようなら、瞬。」

「真人！」

世界を切りさくような雷鳴がとどろき、瞬は白い光に目がくらんだ。

（またタイムスリップする！）

まばたきしたときには、真人は消えていた。

瞬はあわてて明かりをつけた。部屋のようすは、寝《ね》る前と変わっていない。机《つくえ》の上には、きょう塾《じゅく》でもらってきたプリントが置いてあった。

プリントの日付は、二〇一八年六月三十日になっている。

（近くに雷が落ちたのに、過去《かこ》に飛ばされなかった？）

「時をこえられるのは、生きることの苦しみを知らない、子どもだけなんだよ。」

遠ざかっていく真人の声が、聞こえたような気がした。

22　スイートペイン

校舎《こうしゃ》の上に、梅雨《つゆ》明けの青空が広がっている。
瞬《しゅん》は、屋上の手すりにもたれていた。
目をつむって、二度とは聞けない「時という名の龍《りゅう》」という曲を思いだす。

きみが呼吸《こきゅう》するたび　龍は高らかに歌う
いま！　いま！　いま！

（考えてみれば、『いま』って時間はないんだな。『いま』って口にするあいだにも、時間はどんどん前に進んでいるんだから。）
瞬は時という名の龍に乗って、たえまなく進んでいる自分を感じた。あともどりすることは、二度とできないのだ。

十二歳《さい》のきみは　思っているだろう

人生はまだ　はじまったばかりだと
時という名の龍は　みるまに速度をあげていく

小声で歌いはじめた瞬は、とちゅうで、だれかの声が重なったのに気づいた。

声の主は、留華《るか》だった。

瞬のそばの柵にもたれ、いっしょに歌っている。

ふたりは、「時という名の龍」を最後まで歌った。

「レイジさんがいないなんて、まだ信じられない。」

留華はくちびるをとがらせて、空を見上げた。腕には、スイートペインの名前が入ったラバーバンドをつけている。タイムスリップしたときに、瞬が身につけていたものだ。

瞬は、留華の横顔をちらりと見た。タイムスリップのあとに電話してから、留華が口をきいてくれるのははじめてだ。

「怒《おこ》ってる？　ぼくのせいで、スイートペインがいなくなっちゃったから。」

留華はそれには答えず、かつん、と柵《さく》をけった。

「でもさ、やっぱり紺野《こんの》は正しいことをしたんだよ。」

「どこが？　だってけっきょく、美月《みつき》さんは死んじゃったのに。」

「でも行方不明のままより、ずっとよかったと思う。おじいちゃんも、死ぬときに『美月に会いに行くから、さみしくない。』っていったんだって。それにあたし、これを見つけたんだ。」

留華《るか》はポケットから、空色の封筒《ふうとう》をとりだした。

「お母さんが持ってた美月さんの遺品《いひん》の中から、これが出てきたの。美月さんから紺野《こんの》への手紙。」

「え？」

瞬《しゅん》は留華から封筒を受けとった。

「未来にいる紺野くんへ」と宛名《あてな》が書いてある。

瞬はふるえる手で、手紙をとりだした。


紺野シュンくんへ（シュンくんであってますよね？）


お元気ですか？

わたしは元気です。ぶじに、もとの時間に帰ってくることができました。シュンくんとお友だちも、ぶじに自分たちの時代にもどっていますように！

シュンくんのお父さん、順平《じゅんぺい》くんは、わたしの話を信じてくれませんでした。夢の話じゃないのかといわれると、わたしもだんだん、自信がなくなってきます。

でもわたしたちは、いっしょに明治時代にタイムスリップしましたよね？

図書館で調べたら、明治時代にほんとうにコレラがはやっていたことがわかりました。あの女の子は助かったのでしょうか？　そのことが、すごく気になっています。

シュンくんはまだ生まれていないけれど、いつかシュンくんに会って、そのことを聞きたいです。

この手紙は明日、タイムカプセルに入れて庭にうめるつもりです。

また会うのを楽しみにしていますね。

そして、ありがとう。

一九八七年三月二十六日

青山美月《みつき》

「その日付、亡《な》くなった前の日なんだ。」と留華《るか》がいった。

瞬《しゅん》はじっと、色あせた便箋《びんせん》を見つめていた。ていねいに書かれた美月の字が、ぼやけてくる。

「あのさ、紺野《こんの》、あたしが泣かせてるみたいに思われるんだけど。」

そういわれて、瞬はぐいと目をこすった。

「泣いてなんかないよ。」

「でも、すごい話だよね。タイムスリップしたら世界が変わっちゃうなんて。どうせならいいように変わってほしいことが、いっぱいあったのにな。弟は相変わらず生意気だし、お母さんはうるさいし、久下《くげ》先生はたよりない。」

「でも壮太《そうた》は、おとなしくなったよね。なんか、からだもちいさくなったような気がするんだけど。」

「壮太が変わったっていうより、紺野が変わったんだよ。前みたいに、びびらなくなったでしょ。」

「たしかに、もう怖《こわ》いとは思わないな。」

留華はラバーバンドを、せつなげに見つめている。その横顔が、ほんの少しだけ、美月に似《に》て見えた。

「あたし、この世界にも、いつかスイートペインってバンドがあらわれると思う。そう信じてるんだ。」

「うん。」

スイートペイン。

甘《あま》い痛《いた》み。

瞬はふっと、レイジのようなミュージシャンになろう、と思った。

（バンドの名前はスイートペインにしよう。どうしてこのバンド名にしたのかって、インタビューされることになるだろう。レイジは「とくに意味はない。」っていってたけど、ぼくは自分が経験《けいけん》したことを話そう。タイムスリップと美月《みつき》さんと留華《るか》。そして、真人《まさと》の話を。）

ジャンプしろ　光をつかむんだ
痛《いた》みをかかえても　生きることを選べ
明日　明日　明日へと　龍《りゅう》はきみを運ぶから

小森香折（こもり・かおり）　作家
東京都に生まれる。『ニコルの塔』(BL出版)でちゅうでん児童文学大賞、新見南吉児童文学賞を受賞。作品に『パラレルワールド』(文研出版)、『夢とき師ファナ』『いつか蝶になる日まで』(偕成社)、『あやしい妖怪はかせ』(アリス館)、『時知らずの庭』(BL出版)、『レナとつる薔薇の館』(ポプラ社)、『かえだま』(朝日学生新聞社)、『おひさまのワイン』(学研プラス)など多数ある。翻訳も多数。

柴田純与（しばた・すみよ）　画家
福井県に生まれる。フリーのイラストレーターとして、装画や挿絵を中心に活動中。児童図書の作品に『宿題ロボットひろったんですけど』(あかね書房)、『旅のお供はしゃれこうべ』(岩崎書店)、『むこうがわの友だち』(ポプラ社)、『星空点呼 折りたたみ傘を探して』(朝日学生新聞社)、『いつか蝶になる日まで』(偕成社)など多数ある。

〈文研じゅべにーる〉　2018年8月30日　第1刷
稲妻で時をこえろ！　2019年10月30日　第3刷
作　者　小森香折　ISBN978-4-580-82348-8
画　家　柴田純与　NDC 913　A 5 判　168P　22cm

発行者　佐藤諭史
発行所　文研出版　〒113-0023　東京都文京区向丘2－3－10　☎(03)3814-6277
〒543-0052　大阪市天王寺区大道4－3－25　☎(06)6779-1531
https://www.shinko-keirin.co.jp/
表紙デザイン　島居 隆（株式会社アートグローブ）
印刷所・製本所　株式会社太洋社